KB265251

반딧불이 펑퐁

SEOUL, 2010

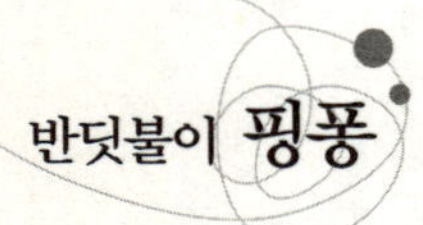

초판 제1쇄 발행일 2010년 8월 10일   초판 제3쇄 발행일 2012년 7월 30일
지은이 조준호
발행인 전재국 본부장 이광자
발행처 (주)시공사 주소 서울시 서초구 서초동 1628-1
전화 영업 2046-2800 편집 2046-2826
인터넷 홈페이지 www.sigongsa.com

ⓒ 조준호, 2010

ISBN 978-89-527-5868-2 43810
ISBN 978-89-527-5572-8 (세트)

*홈페이지 회원으로 가입하시면 다양한 혜택이 주어집니다.
*잘못 만들어진 책은 구입하신 곳에서 바꾸어 드립니다.

♣ 사랑의 열매와 함께 저소득층 어린이들의 교육 자립을 지원합니다.

반딧불의 핑퐁

조준호 지음

시공사

차례

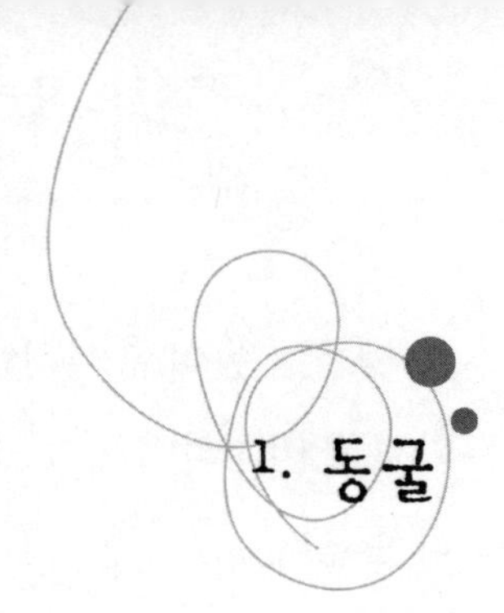

설마. 설마. 설마리. 나는 수없이 되뇌어 보았다. 세상의 많은 이름들 중에 왜 하필 설마리일까. 아무리 생각해도 정감을 주는 이름은 아니다. 앞으로 내가 살 곳이라 생각하니 마음이 착잡했다. 마을에 들어서면 높은 산들이 바짝 둘러서 하늘마저 작아 보였다. 북쪽 산모퉁이로 돌아간 포장도로로는 철조망에 막혀 있다. 후미지고 막다른 동네에 처박혔다는 절망이 밀려왔다.

다른 것들도 곱게 보이지 않았다. 마을 어른들은 행동이 굼뜨고 생기가 없어 보였다. 아이들이 하는 짓은 세련과 멀었고 놀이는 시시해 보였다. 나는 시골 학교와 도시 학교를 비교하며 얕보았다. 내 마음에 탈출 충동이 일어나곤 했다.

눈부시도록 화창한 날, 나는 우랑이의 생일 파티에 초대받았다. 설마리 골목대장이랄까. 키가 크고 공부도 잘해서 인기가 많은 녀석이다. 평소 명령하듯 말하지만 않는다면 나도 그 녀석을 좋아할지 모른다. 우랑이는 "야! 체육실에 가서 배구공 가져와!"라고 말하거나 "당번이 결석이야. 니가 당번해!"라고 불쑥 말하곤 했다. 한마디로 재수 없는 놈이었다.

더 큰 문제는 다른 아이들이 명령이나 다름없는 그 말에 거부감 없이 잘 따른다는 점이다. 하지만 나는 그렇지 못했다. 그 애가 전학 온 나를 손아귀에 쥐려는 것 같아 싫었다. 생일 파티에 빠져야겠다고 결심하고 핑계거리를 궁리할 때였다.

"순민아, 너도 같이 가는 거지?"

학급 회장인 벼리였다. 나는 어찌 말해야 할지 몰라 머뭇거렸다.

"우랑이네 집 넓어서 놀 데 많아. 포도밭도 좋고 다락방도 있고……."

벼리는 여학생인데도 남자아이들과 친하게 지냈다. 이곳 아이들은 어릴 적부터 함께 자라서인지 남녀 사이에도 별 스스럼없어 보였다. 벼리는 특히 부회장인 우랑이와 학급 일을 의논하며 가깝게 지냈다. 질투심이 날 정도였다. 나는 얼떨결에 고개를 끄덕였다. 벼리의 시원스런 눈에 최면이 걸린 것 같았다.

"어, 그래."

"놀기 싫으면 다락방에서 자도 돼."

벼리의 짙은 눈썹 위로 이마가 유난히 넓어 보였다. 벼리가 있으면 억울한 일이야 당하지 않을 것 같았다. 벼리는 말썽 피우는 남자아이들을 꼼짝 못하게 하는 보기 드문 여장부였다.

수업이 끝나자 설마리 아이들은 떼를 지어 교문을 나섰다. 앞에서 뭉쳐 가는 아이들의 이야기 소리가 들려왔다.

"컴퓨터 때문에 미치기 직전이다."

"왜? 뭐 고장 났어?"

"아빠가 비밀번호 바꿔 놨어."

"안됐다. 비밀번호 뽀개기 있는데 보내 줄까?"

이곳 설마리 아이들도 도시 아이들처럼 컴퓨터나 휴대전화에 미쳐 있는 것 같았다. 컴퓨터 다루는 데 자신 있는 나는 아이들 틈에 끼어 보려고 했다. 그러나 틈이 보이지 않았다. 아이들은 자기들끼리만 웃고 떠들었다. 아직 설마리 아이들과 잘 섞이지 못하는 나 자신이 답답했다. 쟤네들이 텃세를 부리는 건 아닌가 하는 생각도 들었다. 내 걸음은 자꾸 느려졌다.

"우아! 나도 저런 집에서 살고 싶다."

우랑이네 집은 학교에서 그리 멀지 않았다. 담 모퉁이를 돌아서자 어느새 우랑이네 집 마당이었다. 넓은 포도밭을 주위에 거느린 이층집이다. 우랑이네는 설마리에서 알아주는 부자였다. 마당에 세워진 고급 차에 아이들은 다시 한 번 탄성을 자아냈다. 하얀 담장을 덮은 장미꽃이 진한 향기를 내뿜었다. 그 위로 매실나무에는 푸른 열매가 다닥다닥 열려 보기만 해도 입에 침이 고였다.

일곱 명 아이들이 들어서자 다락방은 약간 비좁았다. 다락방 냄새가 낯설었다. 묵은 먼지에 식초를 뿌렸을 때 날 법한 냄새다. 한 아이가 포도주 냄새라고 말했다. 우랑이네 집에서는 어딜 가나 시큼한 냄새가 풍겼다.

"풍경 죽인다!"

나는 창밖을 보려고 아이들 뒤에서 기웃거렸다. 처음에 달려들었던 것과 달리 아이들은 금세 흥미를 잃고 창문에서 물러났다. 나는 혼자 창문을 차지하고 마을을 꼼꼼히 살펴보았다.

외할아버지 댁이 눈에 들어왔다. 동네 가운데를 지나는 시멘트 포장도로 왼쪽에 보이는 낡은 함석집이다. 재수 없는 사람이 지나가면 언제든 덮치겠다는 듯 기운 담장 위로 호박 넝쿨이 몇 가닥 걸려 있다. 늙은 호두나무 한 그루와 장독대가 있는 뒤뜰은 멀리서 봐도 심심해 보였다. 머리에 수건을 쓴 외할머니가 텃밭에 쪼그리고 앉아 김을 매는 모습이 보였다. 보이지 않는 외할아버지는 아마 논에 나갔을 것이다. 우랑이가 날마다 내려다보며 우쭐해할 것이라 생각하니 마음이 언짢았다.

나는 지난겨울부터 설마리 외가댁에 내려와 지냈다. 내게 가족은 외가의 조부모와 멀리 떠난 아버지뿐이다. 어머니는 내가 다섯 살 무렵에 돌아가셨다. 어머니에 대해 기억하는 것은 마지막까지 아파서 누워 있던 모습뿐이다. 아버지는 얼마 전 전세금을 빼서 사업을 한다며 떠났다. 그때 나는 내가 아버지에게 버림받은 것이 아닐까 의심했다. 그럴 리 없다고 생각하면서도 우울해지곤 했다. 얼마 뒤 아버지는 베트남에서 목재 사업을 하고 있다며 소식을 전했다. 하지만 나는 아버지의 사업에 대한 호기심이 거의 생기지 않았다.

설마리에 온 뒤로 나는 삐딱하게 행동했다. 될 대로 되라는 자포자기 심정이었다. 반항인지 냉소인지 모를 마음이 앞서곤 했다. 아버지가 망해서 돌아오는 모습을 상상하기도 했다. 이런 생각을 하는데도 죄책감이 들지 않았다. 아니, 오히려 이런 차가운 마음 때문에 그나마 버텨 온 게 아닌가 싶었다.

"우랑이 생일 축하해 주려고 이렇게 많이들 왔구나. 다들 잘 놀다 가거라."

우랑이 어머니가 들어와 콧소리 섞인 목소리로 말했다. 초록 원피스를 날씬하게 차려입은 모습이 무척 예뻤다. 하얀 피부에 옅은 화장을 하고 손도 고왔다. 동네에서 가장 예쁜 아주머니일 것 같았다.

우랑이 어머니가 내게 물었다.

"네가 이번에 전학 온 애니?"

"예."

"그렇구나. 앞으로 사이좋게 잘 지내."

우랑이 어머니는 약간 측은한 눈길로 나를 보았다. 곧 우리들 앞에 케이크와 통닭이 푸짐하게 차려졌다. 나는 박수를 치면서도 마음이 즐겁지 않았다. 아이들은 생일 음식을 게걸스럽게 먹어 치웠다. 이어서 두 팀으로 나누어 카드놀이를 했다. 나는 천장이 45도로 낮아지는 가장자리에 구부정하게 앉았다. 조금만 등을 펴거나 머리를 들면 천장에 꿍 박기 일쑤였다. 불편했지만 자리가 거기밖에 없었다.

"스페이드 투 페어 콜!"

아이들은 제법 익숙하게 카드놀이를 했다. 나는 별 흥미를 느끼지 못했다. 더구나 시큼하고 텁텁한 냄새에 숨이 막혔다. 다락방 아래에 포도주 창고가 있는 게 아닐까 싶었다. 냄새 때문에라도 한두 게임만 지켜보다가 가리라 생각했다.

"야! 다들 내려와! 저장 동굴 보게."

밑에 내려갔던 우랑이가 아이들을 불렀다. 우랑이의 말은 이번에도 명령조였다. 아이들은 카드를 던지고 우르르 내려갔다. 나도 따라서 엉거주춤 일어났다. 계단을 내려가면서 버리가 돌아보며 물었다.

"너 동굴 가 봤어?"

"아, 아니."

"일제 강점기 때 무기하고 탄약을 저장하던 동굴인데 지금은 포도주 저장고로 쓰고 있어. 그 안이 냉장고처럼 시원하다."

일제 때의 동굴이라니 호기심이 생겼다. 아이들은 재미있겠다며 서둘러 달려 나갔다. 마당을 나서면 바로 포도밭이었다. 포도밭 끝자락에 이르자 녹슨 철로가 풀밭 사이로 보였다. 간선철도에서 가지를 쳐 나온 철로라고 했다. 철로는 언덕을 올라 동굴로 향했다. 언덕 위 마당에 지게차가 팔을 내리고 서 있었다. 쌓여 있는 나무 상자들 뒤로 들어가자 철문이 굳게 닫힌 동굴 입구가 나타났다. 입구 양쪽에는 사무실로 쓰는 컨테이너와 술을 익힐 때 쓰는 낡은 참나무통들이 어수선하게 쌓여 있었다. 우랑이는 컨테이너로 가서 문을 두드렸다. 관리인은 자다가 나왔는지 졸린 눈으로 말했다.

"안에 있는 물건들 만지면 안 된다. 그리고 너무 깊이 들어가면 물이 고여 있어서 위험해. 알지?"

"네! 걱정 마세요."

관리인이 동굴 철문을 열자 우랑이가 앞장서서 아이들을 이끌었다. 두 번째 철문을 지나자 드문드문 걸린 백열전구가 울퉁불퉁한 암벽을 비췄다. 기차가 다녀도 될 만큼 너비가 넓고 천장도 높았다. 수많은 포도주 병들이 시렁에 누워 양쪽 벽에 기대어 쌓여 있었다. 텁텁하고 시큼한 포도주 냄새에 취하는 느낌이었다. 안으로 들어갈수록 차갑고 축축한 공기에 살갗이 오싹했다. 천장에서 차가운 물방울이 머리에 떨어지자 아이들은 비명을 질렀다.

"아흐―호오!"

누군가 장난스럽게 귀신 소리를 내자, 동굴 속에 긴 메아리가 울렸다.

"아흐―호호! 아흐―호오!"

이번에는 다른 아이들도 덩달아 소리를 냈다. 동굴 안은 웃음소리, 비명 소리, 메아리로 어지러웠다.

"오른쪽이다. 놓치지 말고 따라와!"

지옥의 입구를 헤매는 듯 음산한 느낌이었다. 잠시 후 동굴은 두 갈래로 나뉘었다. 왼쪽은 포도주 병이 쌓인 통로가 이어졌고 오른쪽에는 널찍한 방의 입구가 보였다.

"이 방은 일본군 지휘소였대. 일제 때 말이지."

우랑이가 어두운 방에 불을 켜며 설명했다. 먼지를 뒤집어쓴 술병들이 시렁에 가득했다. 그 뒤쪽에는 구리솥 하나가 전등 불빛에 주황빛으로 번쩍거렸다. 술을 증류할 때 쓰는 솥이라 했다. 아이들은 돌아가며 솥을 만져 보고 귀를 가져가 대 보기도 했다. 구리솥 안에서 액체 끓는 소리가 나는 것 같았다. 구리솥 뒤로 돌아가자, 동굴 벽에 새겨진 일본 글자가 보였다. 검은색으로 쓴 글씨였다. 일본 만화책을 보며 익힌 실력으로 몇 글자를 읽어 낼 수 있었다.

"다…… 현 이케다…… 바가야로……."

이케다는 지명이고 바가야로는 욕설이다. 어느 일본군이 다녀간 흔적을 낙서로 남기고 싶었던 걸까. 별다른 의미를 발견하기는 어려웠다. 그런데 조금 전까지 옆에서 떠들썩하던 아이들 소리가 들리지 않았다. 글을 해석하려고 애쓰는 사이 아이들이 가 버린 것이다. 가슴이 덜컥 내려앉았다. 동굴 입구 쪽에도 아이들은 없었다.

나는 다시 허둥지둥 동굴 안쪽으로 걸어갔다. 어두운 안쪽에서 물방울 떨어지는 소리가 들렸다. 너무 조용해 이상하다는 생각이 들었다. 아이들이 있다면 입을 다물고 있을 리가 없다. 안으로 들어갈수록 습기가 많아 불쾌했다. 물방울도 더 많이 떨어졌다. 이대로 가면 머리카락과 옷이 온통 젖어 버릴 것 같았다.

돌아 나오려고 마음먹었을 때였다. 쿵, 멀리서 철문 닫히는 소리가 들렸다. 뭐가 잘못됐다는 생각이 들었다. 다급한 마음에 뛰기 시작했다. 자갈이 울퉁불퉁하게 깔려 있어 뛰기가 쉽지 않았다. 동굴 입구까지 50미터 정도 남았을 때였다. 전등이 일제히 나가 버렸다. 나는 얼어붙은 듯 자리에 멈춰 섰다.

어둠이 모든 것을 삼켜 버렸다. 완전한 어둠이었다. 내 손과 발도 보이지 않았다. 어디선가 모터 소리, 환풍기 소리만 낮고 아득하게 울려왔다. 앞이 안 보인다고 그대로 정지해 있을 수만은 없었다. 무엇이든 해야만 했다. 손으로 허공을 더듬으며 입구를 향해 발을 내디뎠다. 하지만 몇 발짝 못 가서 어딘가에 머리를 세게 부딪쳤다. 입에서 신음 소리가 절로 나왔다. 아픈 머리를 잡고 앉아서 정신을 차리려고 애썼다.

"우랑아! 벼, 벼리야! 어디 있니?"

안에서 메아리가 울려왔다. 누군가 나를 쫓아오는 것 같아 두려웠다. 암벽을 더듬으며 계속 앞으로 나갔다.

"아얏!"

이번에는 아래쪽이다. 무릎이 깨져 나간 듯 아팠다. 이마에서 진땀이 났다. 아프게 한 것이 무엇인지 보고 싶지도 않았다. 절뚝거리며 벽을 더듬어 나가는데 또 무엇이 앞을 가로막았다. 시렁에 쌓아 놓은 포도주 병들이었다. 병들을 피해 시렁 모서리를 돌아가려고 하자 이번에는 둥그런 통이 정강이를 들이받았다. 엉겁결에 통을 안고 거의 구를 뻔했다. 끌어안은 통에서 시큼한 술 냄새가 났다. 만져 보니 술을 담는 참나무통이었다.

나는 쌓인 물건들을 더듬으며 앞으로 나아갔다. 매끈한 철문이 만져졌다. 바깥 공기를 막기 위해 빈틈없이 밀폐된 문이어서 한 줄기 빛도 들지 않았다. 온 힘을 다해 철문을 두드렸다.

"누구 없어요? 애들아!"

발로 차 보아도 둔탁한 울림뿐이었다. 목이 쉬도록 불러도 아무런 응답이 없었다. 그제야 바깥에 철문이 하나 더 있다는 데 생각이 미쳤다. 돌을 집어 철문을 마구 두들겼다. 하지만 동굴 안으로 메아리치는 철문 소리는 되레 나를 얼어붙게 만들었다. 동굴 안의 나쁜 기운을 깨울 것만 같아 두려웠다.

기다림의 시간이 한없이 길게 느껴졌다. 이런 때 휴대 전화기가 있으면 얼마나 좋을까. 하지만 전화기는커녕 시계도 없었다. 몇 시간이 지났는지 알 수 없어 답답했다. 동굴에서 밤을 보내는 건 아닐까 무서웠다. 밤새 저체온증으로 죽을지도 모를 일이었다.

갑자기 피로가 몰려왔다. 탈출할 생각도 잊고 쉬고 싶었다. 참나무통을 더듬어 위에 주저앉았다. 눈을 뜨나 감으나 똑같이 어두웠다. 눈을 감았을 때가 마음이 더 편했다. 그래서 눈을 감고 마음을 가라앉혔다. 눈을 감았을 때 느껴지는 어둠은 내 안에 있는 어둠이다. 그 어둠은 내 의지로 약간 밝게 만들 수 있었다. 내 안의 어둠은 조금 밝아져 잿빛이 되었다. 그리고 아득한 졸음이 밀려왔다.

그런데 이상한 일이 일어났다. 누군가 옆에 있는 느낌이 들었다. 나는 두려움에 눈을 번쩍 떴다. 희뿌연 얼굴이 스쳐 갔다. 언뜻 돌아가신 어머니로 보이는 해쓱한 얼굴이었다. 그러나 어머니라고 확신하기에는 너무 흐렸다. 그 얼굴은 위에서 나를 잠깐 지켜보다 사라졌다. 1초도 안 되는 순간이었다. 이어 몇 해 전 교통사고로 죽은 사촌 형의 얼굴이 지나갔다. 일그러지고 슬퍼 보이는 얼굴이었다. 동굴 안에서부터 희미한 얼굴들이 줄줄이 걸어 나왔다. 얼굴들은 물 위에 어린 그림자처럼 흔들리면서도 형체를 잃지 않았다.

나는 바짝 긴장해서 몸을 웅크렸다. 저고리를 입은 남자는 동굴을 파다가 희생된 마을 사람일 거라고 생각했다. 일본 군복처럼 보이는 옷을 입은 사람도 보였다. 그들은 말없이 흔들리며 철문 쪽으로 갔다. 그리고 철문에 닿을 즈음에 형체가 사라졌다.

나는 무서웠지만 소리를 지르지 않았다. 두려웠지만 외면할 필요는 없었다. 그저 희미하고 무기력한 모습들이었다. 내가 소리를 지르면 그들이 먼저 놀라 사라질 것 같았다. 나는 숨을 죽이고 끝까지 지켜보았다.

끼익!

문이 열리는 소리였다. 나는 소스라치게 놀라 벌떡 일어섰다. 유령들이 나타났을 때보다 더 놀란 순간이었다. 한 남자가 철문을 열고 들어왔다. 아까 본 관리인 아저씨였다. 아저씨도 내가 안에 있어 몹시 놀란 듯했다.

"너 왜 거기 있냐?"

"……."

"우랑이 친구냐?"

나는 눈물이 글썽하여 고개를 끄덕였다. 내가 발걸음을 떼자 아저씨가 길을 비켜 주었다. 나는 밝은 빛 속으로 걸어 나왔다. 감옥에 갇혀 있다 나오면 이런 느낌일까. 따뜻한 공기가 목덜미에 느껴졌다. 하늘도 땅도 처음 보는 것처럼 낯설게 느껴졌다.

바깥마당에서 농구를 하던 아이들이 어처구니없다는 듯 쳐다보았다. 아저씨는 걱정이 됐는지 바깥마당까지 따라왔다.

“너희들 어쩌자고 이 애를 동굴에 둔 거냐? 큰일 날 뻔했다. 앞으로는 그러지들 마라!”

우랑이의 눈빛이 이글거렸다. 평소에 웃음이 없는 아이가 그렇게 노려보니 무서웠다. 더구나 우랑이는 한두 살 위 상급생처럼 키가 한 뼘은 더 컸고 뼈대도 굵었다.

“인마! 너 왜 거기 남아 있어? 우리는 네가 먼저 가 버린 줄 알았잖아!”

“……”

“다 나오라고 두 번이나 말했잖아. 다들 들었지?”

우랑이가 둘러보며 말하자 아이들도 한마디씩 했다.

“그래! 너 가는 귀 먹었냐?”

몰아세우는 아이들 때문에 나는 더욱 화가 났다. 잠시도 그곳에 있고 싶지 않았다. 다락으로 달려가 가방을 챙겨 내려오는데, 눈물에 가려 앞이 잘 보이지 않았다.

대문 밖으로 나오는데 우랑이네 개가 달려들었다. 덩치가 송아지만큼이나 큰 세퍼드였다. 개는 내게 코를 들이대고 냄새를 맡았다. 움직이면 물까 봐 나는 꼼짝도 못했다. 우랑이가 다가와 개를 달랬다. 그리고 대문까지 따라와서 세퍼드의 머리를 쓰다듬으며 내게 말했다.

“아무한테도 얘기하지 마! 알았어?”

쏘아보는 우랑이의 눈이 날카로웠다. 무서운 아이라는
생각이 들었다. 셰퍼드는 주인의 손길에 꼬리를 살래살래
흔들었다. 하지만 나를 볼 때는 다른 눈빛이었다. 언제든
달려들어 물어 버릴 것 같아 오금이 저렸다.

"잘 가!"

나는 우랑이의 인사에도 돌아보지 않았다. 우랑이가 셰
퍼드를 잘 데리고 있기를 바랄 뿐이었다.

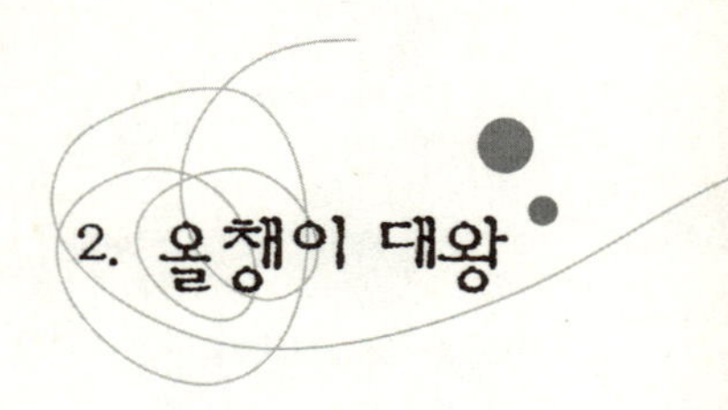

분해서 잠이 오지 않았다. 동굴에 버려진 일보다 아이들 지청구에 제대로 대꾸하지 못한 게 더 화가 났다. 나는 생각의 속도가 느리다. 주변에서 벌어지는 사건을 빨리 이해하지 못해 당하고 억울해하는 일이 많다. 내가 원하는 게 뭔지, 어떻게 행동해야 할지 뒤늦게 깨닫는 나 자신이 절망스러웠다.

나는 밥을 먹다가 외할아버지에게 물었다.

"옛날에 포도주 동굴에서 누가 죽었나요?"

외할아버지는 침침한 눈으로 나를 멀뚱하게 보더니 말

했다.

"거기서 죽은 사람이 있다지. 일제 강점기 때라던가, 육 이오 때라던가."

외할머니가 언짢은 투로 물었다.

"동굴은 왜?"

"거기서 뭘 봤어요."

"뭐를?"

"허깨비."

"허깨비? 어이구! 그런 흉한 데를 왜 갔어?"

두 노인은 무척 놀라고 걱정하는 기색이었다. 나는 동굴 이야기를 꺼낸 것을 후회했다.

다음 날에도 그다음 날에도 늦잠을 잤다. 어렵게 잠이 들면 악몽을 꾸다가 깨어나곤 했다. 동굴에서 있었던 일을 생각하면 심장 박동이 빨라졌다. 동굴의 냄새와 어둠, 그리고 아이들의 눈빛과 말투까지 생생하게 떠올랐다. 화장실 거울에 비친 내 얼굴은 눈자위가 시커먼 것이 꼭 오소리를 닮았다. 정신을 동굴에 놓고 온 것만 같았다.

아침을 먹는 둥 마는 둥 한 뒤 집을 나섰다. 아이들이 모두 학교에 갔는지 길거리는 텅 비어 있었다. 지름길로 가려고 논두렁으로 들어섰다. 논에서 들큼하고 비릿한 냄새가 났다. 먹은 것이 올라오려고 했다. 천천히 걷다 보니 조금 가라앉았다. 논에서 나는 냄새에 비위가 상하기는 처음이었다.

요즘 내 코는 몹시 예민하다. 이불이나 옷에서도 시큼한 냄새를 느끼곤 했다. 포도주 동굴에서 나던 것과 비슷한 냄새였다. 나는 냄새가 따라다니는 이유를 생각해 보았지만, 알 수 없었다. 불안한 마음을 떨칠 수 없었다.

논두렁 잿빛 흙은 잘 이긴 반죽처럼 물렁하고 부드러웠다. 모내기를 끝낸 논 어디에서 개구리가 간간이 울다가 인기척을 느꼈는지 뚝 그쳤다. 발목 정도로 물이 찬 논바닥에는 올챙이들이 꼬리를 흔들며 다녔다.

울타리 너머 운동장에 아이들이 보였다. 아직 수업 시작 전이었다. 교실에 들어서는 시간을 가능한 한 늦추고 싶었다. 자습과 조회를 건너뛰고 첫 수업 시간에 맞추어 들어가면 된다고 생각했다. 나는 논두렁에 쪼그리고 앉아 올챙이를 잡기 시작했다. 올챙이들은 콩알만큼 작았고, 느려서 쉽게 잡혔다. 젤리처럼 여리고 미끌미끌했다. 올챙이는 손바닥 위에서 몸부림쳤다. 너무 가녀린 몸부림이어서 힘이 거의 느껴지지 않았다.

이렇게 여린 생명들을 낳아 놓고 어미 개구리는 어디로

갔을까? 이렇게 생각했을 때 어디서 골골거리는 개구리 소리가 다시 들리는 것 같았다. 하지만 개구리는 아니었다. 잠시 후 소리의 주인이 산모퉁이에서 모습을 드러냈다. 아스팔트를 굴러 오는 탱크였다. 위장 그물을 뒤집어 쓴 탱크들은 도로를 있는 대로 차지하고 행진해 왔다. 태어나 처음 보는 굉장한 구경거리였다. 오늘 정말 운이 좋다고 생각했다. 삐걱거리는 무한궤도 소리는 꼭 살아 있는 짐승이 내는 소리처럼 느껴졌다. 탱크 안에 수많은 하이에나가 숨어 낄낄거리며 웃고 떠드는 것 같았다. 탱크들은 대포를 세우고 제법 빠른 속도로 마을을 지나갔다. 지그재그로 올라가는 고갯길에 탱크들이 사라졌다 다시 나타나곤 했다.

고개를 넘어 설마리로 오던 날 생각이 났다. 2월 초라 눈이 녹지 않아 길이 미끄러웠다. 산 아래 내려다보이는 마을이 적막하고 쓸쓸해 보였다. 별로 왕래하지 않았던 외가댁에서 지내야 한다고 생각하니 마음이 착잡했다. 낯선 동네에 버려진 느낌, 마음이 오그라드는 느낌이었다. 고개를 넘는데 몸이 덜덜 떨려 왔다.

설마리에서 보낸 첫날 저녁, 눈이 다시 엄청나게 내렸

다. 동해의 거대한 수증기 덩어리가 눈 폭탄을 쏟아부은 것이다. 눈이 내리는 동안 집 안에 갇혀 있어야 했지만 싫지 않았다. 왜 그랬는지 알 수 없지만 눈이 쌓일수록 마음이 편안해지는 느낌이었다. 외할아버지는 마당에 쌓인 눈을 쓸어 내며 설마설마 하다가 눈에 깔려 죽는 곳이 설마리라고 했다. 그래서 설마리라는 지명도 생긴 거라 했다. 눈은 다음 날 오전까지 내리더니 무릎 높이까지 쌓이고 나서 그쳤다.

나는 마지막 탱크가 고개 너머로 사라지고서야 정신을 차렸다. 학교에서 벨 소리가 울렸다. 첫 수업이 시작된 것이다. 아차, 하는 순간 발이 미끄러져 질퍽한 논두렁에 철퍼덕 주저앉았다. 한쪽 발은 논에 잠기고 다른 발은 논두렁에 비스듬히 뻗쳐 있었다. 일어서려면, 빠지지 않은 발도 논바닥으로 넣을 수밖에 없었다. 논에서 나와 보니 운동화, 교복 바지 모두 흙투성이였다.

울타리 너머로 보이는 운동장은 텅 비어 있었다. 흙투성이인 채로 교실에 들어갈 마음이 나지 않았다. 담임은 모내기라도 하다 왔느냐고 물을 것이다. 아이들의 눈초리를 견딜 자신은 더욱 없었다.

어제 학교에 갔을 때 우랑이 패거리들은 동굴 사건에
대해 말하지 않았다. 하지만 눈이 마주칠 때마다 기분 나
쁘게 키득거렸다. 나는 우랑이를 피해 다녔다. 그 녀석이
뒷자리에 있어도 뒤통수로 느낄 수 있었다. 그 녀석과 마
주치지 않기 위해 쉬는 시간에는 밖에 나가지 않았다. 그
리고 깜짝깜짝 놀라곤 했다. 교실에 혼자 있거나 길을 걸
어갈 때 누가 뒤에 있으면 소스라치는 일이 많았다. 아이
들은 이런 나를 이상하게 바라보았다.

'그냥 교실로 들어갈까, 아니면 집에 가서 옷을 갈아입
고 올까?'

젖은 신발을 벗어 들고 걸으며 생각했다. 맨발에 밟히
는 논두렁의 말랑한 촉감이 좋았다. 쫄깃한 스펀지 떡을
씹는 듯 달콤한 느낌이다. 하지만 마음은 씁쓸했다. 몸은
온탕에 마음은 냉탕에 잠긴 듯.

예전에도 딱 이런 기분이었던 적이 있다. 그때도 나는
수업을 빼먹었다. 초등학교 5학년 시절이지만 어제 일처
럼 생생하다. 수업이 끝나 여학생 짝꿍과 학교 앞 매점에
갔다. 예린이라는 아이에게 아이스크림을 사 줄 생각이었
다. 아이스크림을 사 들고 왔지만 예린이는 보이지 않았
다. 나는 그 애가 언제 나타날지 몰라 매점 앞 우체통 옆

에서 기다렸다. 손에 든 아이스크림은 녹아서 흘러내렸다. 예린이는 끝내 나타나지 않았다.

나는 집으로 가면서 아이스크림 두 개를 다 먹었다. 입은 달았지만 마음은 씁쓸했다. 눈물이 나오려고 했다. 그날 저녁 배 속에서 회오리가 일어났다. 화장실에 대여섯 번 들락거리고 나서야 배탈은 가라앉았다.

다음 날 예린이의 말에는 이상한 가시가 돋쳐 있었다.

"내가 거지냐? 얻어먹게."

"누, 누가 거지래?"

너무 의외여서 나는 말을 더듬었다. 예린이는 평소 상냥한 아이였다. 예린이는 자신이 변한 이유를 말해 줬다.

"너 왕따더라. 왕따하고 어울리면 나까지 왕따 당해."

예린이의 말은 절교 선언이었다. 내게는 사형 선고처럼 들렸다. 물론 사형 선고를 당해 본 적은 없다. 그냥 사형 선고를 당하면 그런 기분일 것 같았다. 내 얼굴은 홍당무처럼 발개졌다. 갑자기 교실 공기가 무거워진 듯 가슴이 답답했다.

학기 말, 아이들은 서로에게 편지를 써서 돌려 보았다. 아이들은 내가 답답하고 눈치가 없다고 했다. 너무 말이 없어 항상 화난 것 같다고 말하는 아이도 있었다. 이기적인 행동을 고쳐야 한다고 충고하기도 했다. 이런 평가가 충격이었지만, 모두 인정해야 했다. 하지만 어떻게 해야 하는지 알 수 없었다.

나는 집에 와서 예린이에게 편지를 썼다. 그러나 막상 편지를 부치려고 우체통 앞에 서자 망설여졌다. 마음속에서 "안 돼!" 하는 소리가 들려왔다. 편지가 우체통 안으로 떨어지면 그때부터 나 자신도 어둠 속으로 떨어질 거란 예감이 들었다.

'예린이는 자기 친구들에게 편지를 보여 줄 거야. 그건 정말 끔찍한 일이다.'

반쯤 집어넣었던 편지를 다시 빼냈다. 아주머니 한 분이 지나가며 싱긋 웃어 보였다. 나는 바다색 편지 봉투를 잘게 찢었다. 그리고 우체통 안으로 밀어 넣었다.

그날 나는 학교에 가지 않았다. 아이들 없는 거리에 혼자 있으니, 불안하고 기분이 이상했다. 아는 이웃을 만나지 않게 멀리 동네 골목을 한 바퀴 돌았다. 마을 도서관으로 가자 열람실에 들어갈 수 있었다. 그날 읽은 책은 《미래 소년 코난》이라는 만화책이었다. 코난은 학교나 편지 따위를 잊게 해 주었다.

그날 밤에 아버지에게 회초리를 맞았다. 아버지는 엄마

가 없으면 다른 아이들보다 더 잘해야 한다며 때렸다. 얼마 전 가스레인지를 켜 놓고 잠들어서 맞은 이후 두 번째 매였다. 화장실에 있다 나온 아버지의 두 눈이 붉었다. 나는 아버지가 그렇게 화장실에서 운다는 것을 알았다. 저녁을 굶은 채 잠자리에 들었다. 모든 문제는 엄마가 안 계시기 때문에 생기는 것 같았다. 엄마가 계셨더라면 나는 칭찬받는 학생이 되었을 거라고 생각하곤 했다. 그때 나는 결심했다. 아무것도 하지 않기로, 죽은 듯이 살기로.

"아얏!"

뾰족한 돌멩이 하나가 발바닥을 찔렀다. 어느새 말랑한 논두렁길이 끝나 있었다. 오늘 하루를 어떻게 보내야 할지 생각했다. 먼저 냇물에 가서 옷과 운동화를 빠는 거다. 그리고 집에 가서 만화책을 보는 거다. 이왕 노는 거 혼날 걱정은 하지 않기로 했다.

다음 날 담임 황예분 선생님이 나를 상담실로 불렀다. 내가 좋아하는 국어 담당에 아주머니 선생님이었다. 그런데 보통 아주머니들과 많이 달랐다. 기이한 장신구와 펑퍼짐한 바지, 그리고 망토 같은 웃옷의 정체를 알려면 적어도 다섯 나라의 전통 의상을 공부해야 했다. 해외여행을 나갈 때마다 옷을 사 입는 취미를 가진 분이었다. 그 나라 옷을 입는 것은 세계의 모든 사람들을 끌어안는 마음의 표현이라나.

그러나 옷차림만으로 사람의 성격을 짐작하고 안심해서는 안 된다. 담임은 학생들의 잘못에 대해 엄하게 처벌하는 분이었다. 나는 마음을 다지고 상담실에 들어섰다. 탁자에 펼쳐진 생활 기록부에 내 사진이 보였다. 사진 아래로 칸마다 깨알 같은 글씨가 빽빽이 채워져 있었다. 보나마나 창피한 이야기들일 것이다.

"순민이, 어제 왜 결석했어?"

어떻게 말해야 할지 몰라 망설였다.

"말해 봐. 결석 이유가 뭐야?"

나는 상담 경험이 제법 많았다. 이런 경우에는 솔직함이 좋다는 것을 경험으로 알았다. 거짓말을 하다 보면 끊임없이 일이 꼬이기 마련이다.

"냇가에서 놀았습니다."

담임의 눈초리가 의아하다는 듯 치커 올라갔다. 목소리는 처음보다 부드러웠다.

"무슨 일 있어?"

“그냥 학교에 오고 싶지 않아서요.”

“아무렴! 그럴 수 있지. 하지만 다른 아이들은 오기 싫어도 학교에 온단 말이야. 나는 솔직한 이유, 네 마음을 알고 싶어.”

이번에도 나는 단순하고 솔직한 대답을 떠올렸다.

“학교 다니기 싫어요.”

대답은 했지만 담임의 반응이 걱정스러웠다.

“아무렴!”

담임의 입에서 아무렴이란 말이 나오면 좋은 징조가 아니다. 기분이 안 좋을 때 자주 나오는 말이다. 그렇기 때문에 아무렴이란 말이 나오면 다음에 무슨 말이 나올지 긴장해야 했다. 담임은 화를 지그시 누르는 듯 잠시 허공을 보았다.

“그럼 그만둬!”

가슴 한복판에 침을 맞은 듯 뜨끔했다. 학교가 싫다는 학생을 말리기는커녕 그만두라니 못 말릴 선생이다.

“그만둘 때 그만두더라도 이유나 알자. 뭐가 그렇게 싫으냐?”

나 역시 오기가 솟구쳐 막가는 심정으로 대답했다.

“그걸 다 말씀드려야 하나요?”

"그래. 나도 선생 노릇 하려면 교장 선생님께 말씀드려야 하거든."

"백 가지도 넘어요. 일단, 학교에 들어서면 심장이 좀 아픈 거 같아요."

"저런!"

담임은 적어도 0.5초 동안 충격을 받은 것 같았다. 놀라운 것은 나 자신도 마찬가지였다. 내가 어떻게 이런 말을 해 대는지 스스로도 믿기 어려웠다. 담임의 얼굴에 감당이 안 된다는 절망의 표정이 떠올랐다. 그러나 이내 태연한 얼굴로 돌아와 물었다.

"음! 할머니도 순민이 이러는 거 아셔?"

"아뇨."

담임은 팔짱을 끼고 한동안 생각에 잠겼다.

"학교 그만둬도 좋지. 그런데 말이야, 날마다 뭘 하며 지낼 건지는 생각해 뒀니? 친구들 다 학교 가면 텅 빈 동네에서 뭐 하고 있을 거야? 중학교 1학년이 어디 취직해 돈 벌기는 어려울 거고, 컴퓨터 게임? 검정고시 준비? 학교 대신에 학원에 갈 건가?"

"……."

"거기까진 생각 못했지? 아무려나 좋다. 나는 너 같은 애들을 수도 없이 봤어. 하지만 학교를 그만둔 애들은 아직 하나도 없었어. 네가 그 기록을 깰지 두고 보겠다."

그러고 나서 아무렴 선생은 나를 밖으로 내보냈다. 뒤에서 전화기 버튼을 누르는 소리가 났다. 그 소리가 내 마음을 아프게 찔렀다.

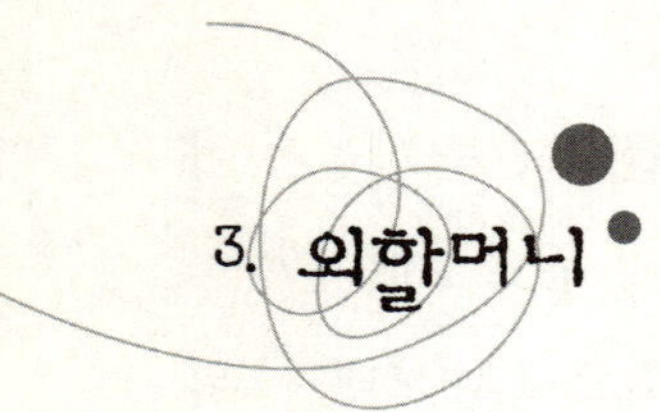

3. 외할머니

"할미가 오면 내다보기라도 해야지."

외할머니의 귓바퀴가 움찔거렸다. 부처님 귀만큼 큰 귀다. 그 귀는 화를 속으로 삭일 때 움직인다. 숨을 잔뜩 들이켜 팽팽해진 얼굴만 봐도 담임과 할머니 사이에 오간 이야기를 짐작할 수 있었다.

"여기 좀 앉아 봐라."

말투도 평소와는 달랐다. 평소대로라면 조금 성가시게 느껴질 정도로 "아이고! 우리 애기." 어쩌고저쩌고 해야 했다.

"어쩌자고 학교에 안 가? 응? 너까지 왜 이래?"

나는 다음에 나올 말을 짐작할 수 있었다. 외할머니의 꾸지람은 무섭기보다는 청승맞은 편이었다.

"에구! 그리 젊은 것이 왜 빨리 갔을꼬!"

외할머니는 딸이 생각나는지 눈물을 찍어 냈다. 외할머니의 늙은 눈에서는 눈물이 잘 나오지 않았다. 다만 내가 무슨 잘못을 하면 어머니가 불려 나왔다. 그럴 때 나는 외할머니가 싫고 미웠다. 미안하고 슬픈 감정, 그리고 모든 것이 싫어지는 감정들이 가슴속에서 마구 뒤섞여 소용돌이쳤다. 나는 참을 수 없어 밖으로 뛰쳐나갔다. 외할머니가 따라 나오며 말했다.

"이것아! 이제는 이 할미가 니 에미다. 할미 말 잘 들어야 혀!"

들길에 나서자 햇볕이 따가웠다. 바람 한 줄기 불어오지 않았다. 등줄기에 땀이 흘러내렸다. 들판 끝 강물이 흐르는 데까지 가도 내 마음은 가라앉지 않았다.

다음 날 아침, 외할머니는 내 이불을 개며 말했다.

"할미가 담임 선생님 만나 봐야 쓰것다."

외할머니가 학교에 온다고? 화장실로 들어가던 나는 갑자기 맥이 풀렸다. 거울 속 멍청한 얼굴이 중얼거렸다.

"권순민! 오늘 최악이다."

나는 외할머니가 학교에 오는 것이 싫었다. 그런 날이면 어머니가 없다는 우울한 생각을 하루 종일 떨칠 수 없었다. 아무리 노력해도 외할머니는 어머니가 될 수 없었다. 친구들이 내 사정을 새삼 알게 되는 것도 싫었다. 나는 치약 거품을 입에 가득 물고 분명치 못한 발음으로 말했다.

"옷 좀 잘 입고 오지."

외할머니는 논밭에 어울리는 분이다. 살던 곳을 벗어나 학교나 도시 같은 데 가면 길을 몰라 헤맬 것만 같았다.

점심을 먹고 몸이 나른해질 즈음이었다. 외할머니가 지팡이도 없이 구부정한 허리로 운동장에 들어서는 게 보였다. 젊게 보이려고 지팡이를 두고 온 것 같았다. 외할머니는 힘이 드는지 운동장 가운데 멈추었다. 그리고 어디로 가야 할지 살폈다. 옆으로 젊은 여자가 양산을 들고 사뿐사뿐 걸어갔다. 운동장에 내리꽂히는 햇살은 외할머니를 쓰러뜨리려는 것처럼 강렬했다.

잠시 후, 누군가 뒤에서 소리를 질렀다.

"권순민, 담임이 교무실로 오래!"

교무실에 들어선 나는 사냥개처럼 코를 킁킁거렸다. 교

무실 냄새는 교실 냄새와 달랐다. 화장품 냄새도 비누 냄새도 아닌 그 냄새는 분명 선생들에게서만 나는 냄새였다. 그 냄새에는 결코 익숙해질 수 없을 것 같았다. 시큼한 동굴 냄새처럼 말이다.

나는 마주 앉은 외할머니와 담임 사이에 앉았다. 외할머니의 발이 눈에 들어왔다. 외할머니는 평소 신지 않던 샌들을 신고 있었다. 양말을 신었지만, 관절염으로 틀어진 발가락의 윤곽이 드러나 보였다. 불편한 몸으로 학교까지 나오게 해서 죄송스러웠다.

"순민이, 앞으로 잘해 보자."

담임이 내 등을 두드리며 말했다.

"앞으로 학교 잘 나올 거지?"

나는 고개를 끄덕였다. 학교를 그만두겠다던 엊그제 호기와 반항심은 온데간데없었다. 외할머니까지 오신 마당에, 어쩔 수 없었다. 순간 교무실 냄새가 다시 물씬 느껴졌다.

그날 저녁 아버지로부터 전화가 왔다. 이번에도 옆에서 어떤 외국 여자의 말소리가 들렸다. 잘 모르지만 베트남어였고, 저번에 들었던 목소리 같았다. 순간 이런 의문이 스쳐 갔다.

'베트남 여자와 살림이라도 차린 걸까?'

나는 아버지에게 진한 배신감을 느꼈다. 아버지에게 버림받아 억울한 마음, 아니 이제는 내가 먼저 아버지와의 관계를 끝장낼 것이라는 반항심이 일어났다.

서울에서 아버지와 단둘이 살던 때가 떠올랐다. 아버지는 사업을 하느라 늘 바빴지만 잊지 않고 전화해 주었다. 집에 들어올 때면 먹을 것을 사다 냉장고에 채워 놓는 일도 잊지 않았다. 아버지는 미안한 마음을 용돈이나 외식으로 대신하려고 했다. 나는 그 돈으로 만화나 영화 디브이디를 샀다. 만화나 영화에 빠져들다 보면 엄마가 없어 힘든 일, 우울한 일도 잊을 수 있었다. 초등학교 졸업식을 며칠 앞둔 날, 아버지는 폭탄 선언을 했다.

"이제 너도 네 앞가림할 때가 됐다. 열네 살이면 옛날에는 장가가도 좋을 나이다."

머릿속이 아득해져 아무 생각도 할 수 없었다. 아버지의 눈에는 어떤 결의가 빛났다.

"아버지에게 이번이 마지막 기회야."

무엇을 위한 마지막 기회라는 걸까. 이 말은 두고두고 생각났다. 내가 아버지의 발목을 잡고 있다는 뜻 같기도 했다.

결국 나는 초등학교 졸업식에도 참석하지 못하고 외가 댁에 맡겨졌다. 친할머니도 계시지만 혼자이고 너무 늙으셔서 내 뒷바라지를 할 수 없었다. 다행히 외할머니가 나를 받아 주기로 했다. 외할머니는 내게 잘해 주셨다. "에구, 불쌍한 것!"이라고 말하며 머리를 쓰다듬을 때는 좋으면서도 싫었다.

전화기를 귀에 대고 있었지만 나는 아버지의 말을 듣고 있지 않았다. 어두운 산에서 소쩍새가 울었다. 소쩍새 낯짝을 한 번도 본 적은 없지만 저놈의 새는 생긴 것도 분명 청승맞고 꾀죄죄할 거라고 생각했다. 전화기에서 아버지의 목소리가 갑자기 커졌다.

"순민아, 인마! 왜 대답이 없어! 외할머니 속 썩이지 말라 그랬지!"

아버지는 아들이 외가에서 쫓겨날까 걱정하는 듯했다. 아버지는 학교에 가지 않은 이유를 물었다. 문득 나는 전화기가 너무 낡아 더럽다고 생각했다. 초등학교 1학년 때부터 보았던 전화기다. 나는 수화기를 옷에 문질러 닦았다. 수화기를 다시 귀에 댔을 때 또 베트남 여자의 목소리가 들렸다. 나는 그 목소리를 듣느라 아버지의 말에 주의를 기울이지 않았다. 그 여자는 자신의 존재를 이쪽에 알

리려는 심사 같았다. 순간 엉뚱하게도 베트남 학교에 다니는 나를 상상했다.

"나 베트남에 있는 학교로 전학 가면 안 될까?"

"뭐? 너 그게 무슨 뚱딴지 같은 소리야?"

아버지는 놀라서 소리를 질렀다.

"그렇게 다니기 싫어?"

나는 대답하지 않았다. 아버지도 한동안 침묵을 지켰다. 애써 차분해진 아버지의 목소리가 들려왔다.

"아빠는 이번 여름에 휴가 내서 귀국할 거야. 그동안 잘 생각해 보는 거다. 그때까지는 학교에 다니는 거야. 할 수 있지?"

"네."

어쩌자고 베트남 학교 얘기를 꺼냈을까? 나는 정말 아버지가 있는 베트남에 가고 싶은 걸까? 아버지가 온다는 여름 방학까지 얼마나 남았나 싶어 달력을 보았다. 두 달 가까이 학교에 더 다녀야 한다. 아무튼 그때까지는 버텨야 한다.

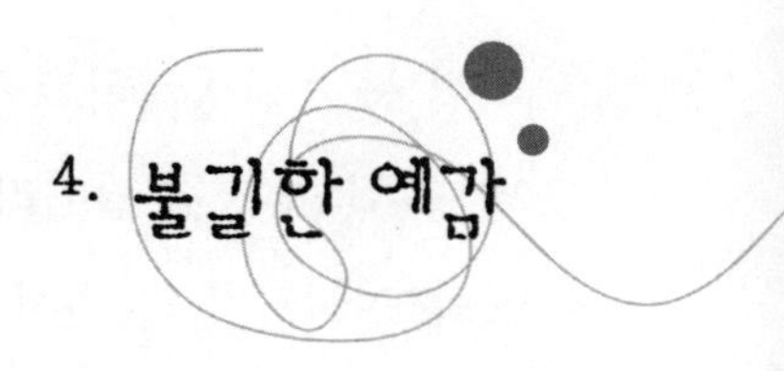

4. 불길한 예감

나는 찜찜해서 몇 번이나 뒤돌아봤다. 그 녀석은 키가 작고 말랐으며 거무스름하다. 보름 전 그 녀석을 처음 보았다. 녀석은 외양간 옆에 세워 둔 나무 절구통 위에 앉아 있었다. 위협적으로 보이지는 않았다. 눈을 비비자 녀석은 더 이상 보이지 않았다. 나는 그게 허깨비임을 깨닫고 불길한 느낌에 사로잡혔다.

허깨비는 다음 날에도 보였다. 내 주위에서 얼쩡거리는 것 같았다. 정신을 놓고 있는 사이 얼핏 보였다 사라지곤 했다. 시간이 지날수록 녀석의 윤곽은 점점 분명해졌다.

터질 듯 동글동글하고 징그러운 표정까지 선명하게 읽어
낼 수 있었다. 할 말이라도 있는 듯 불만스런 얼굴이었다.

학교에 거의 다 와서 슬쩍 돌아보고 안도의 숨을 내쉬
었다. 다행히 녀석은 학교까지 따라오지는 않았다. 그냥
허깨비일 뿐이라고 생각하면서도 한편으로 불안한 마음
이 가시지 않았다.

오후 마지막 수업 시간이었다. 벼리가 교실에 들어서며
소리쳤다.

"1학년 2반, 모두 체육복으로 갈아입고 식물 학습장에
간다!"

식물 학습장에 가려면 교문을 나가 제법 걸어야 한다.
몸이 나른하고 의욕이 없었다. 따가운 햇살에 아찔하니
현기증까지 났다. 아이들은 눈을 찡그리고 운동장을 느릿
느릿 걸어갔다.

식물 학습장은 학년별로 가꾸는 여러 개의 밭으로 나누
어져 있다. 아무렴 선생은 1학년 2반 푯말이 있는 해바라
기 밭에 있었다. 더 정확히 말하자면 구멍 난 밀짚모자에
장화를 신은 농사꾼 모습으로 호미질을 하고 있었다. 자
신이 예쁘게 보이지 않아도 전혀 상관없다는 태도였다.

"다들 이쪽으로 와라! 해바라기를 분양하겠다."

　아무렴 선생은 아이들에게 해바라기를 나누어 갖게 했다. 아이들은 좋은 해바라기를 차지하려고 달려들었다. 어떤 아이는 혼자서 삽과 호미를 네댓 자루씩 차지해서, 친한 아이들에게만 나누어 주며 선심을 썼다. 내가 농기구 창고에 갔을 때 남은 것은 날이 부러진 호미 한 자루뿐이었다. 해바라기도 마지막에 남은 것을 받았다. 어딘지 좀 미심쩍어 보이는 해바라기였다. 아무렴 선생이 내게 말했다.

　"이건 순민이 거다. 1학년 기념식수라고 생각하고 잘 심어."

　나는 호미와 해바라기를 들고 심을 자리를 찾았다. 비가 내린 뒤라서 끈적한 흙덩이가 자꾸 신발에 달라붙었다. 운동화에 묻은 흙을 털어 내고 울타리 쪽으로 가 보니, 좋은 자리는 벌써 우랑이 패거리들이 차지해 버려 마땅한 자리가 없었다. 그 옆에 경사진 땅을 골라서 파는데 한 아이가 말했다.

　"야, 야! 거긴 내 땅이야!"

　"거기도 안 돼. 아무 데나 파면 되는 줄 알아?"

　우랑이 패거리들은 나를 몰아내고 마냥 즐거운 듯 떠들었다. 어쩔 수 없이 끝자리로 갔다. 교문 옆의 단단하고 경사진 자리였다. 날이 무딘 호미로 돌이 많은 땅을 파려니 이마에 땀이 흘렀다. 억울한 마음도 들었다. 호미 끝에 돌멩이가 자꾸만 부딪쳤다. 돌멩이를 캐내려고 했지만 얼마나 큰지 움쩍도 하지 않았다.

생각할수록 내가 무기력하게 느껴져 화가 치밀었다. 땅을 파는 내가 컴퓨터 게임의 유닛인 양 생각되었다. 유닛이 광물을 캐서 축적하면 에너지가 생겨 적을 공격할 수 있었다. 옆에 있는 우렁이 패거리들은 우주의 다른 종족으로 적이었다. 그런데 적들이 너무 강했다. 나는 적진 한가운데 강력한 에너지 폭탄을 발사하고 싶었다. 적을 깨끗이 지워 버리고 싶었다. 그러나 내 에너지와 스킬은 애벌레 수준이었다. 우렁이 주위에는 적의 유닛들이 와글거렸다.

나는 돌멩이와 돌멩이 사이의 흙을 긁어내고 해바라기 뿌리를 집어넣었다. 간단한 일인데도 얼굴에서 땀이 줄줄 흘러내렸다. 해바라기를 다 심고 나서 물도 주었다.

며칠 뒤, 내 해바라기는 이파리 하나가 누렇게 시들어 있었다. 나는 쓰레기장에서 주운 페트병에 물을 받아다 주었다. 주위를 돌아보니 다른 아이들이 심은 해바라기는 싱싱하게 자라 꽃망울을 만들어 내기 시작했다. 우렁이의 해바라기가 가장 커 보였다. 알고 보니 자기들끼리 당번을 정해 매일 와서 물도 주고 돌봐 주었던 모양이다.

나중에 해바라기 씨를 수확할 때 수행 평가 점수를 받기 위해서라도 잘했어야 했다. 해바라기를 심은 뒤 처음으로 와 본 것이 부끄러웠다. 해바라기를 심을 때 화냈던 일도 마음에 걸렸다. 양파를 물컵에 올려놓고 날마다 욕을 하면 싹이 나지 않는다는 얘기가 생각났기 때문이다. 기적이 일어난다 해도 내 해바라기는 살아날 가망이 없었다. 학교에 오갈 때마다 말라비틀어진 해바라기가 눈에 들어와 견딜 수 없었다.

수업이 끝나고 집에 가는 길에 해바라기가 있는 곳으로 갔다. 주위를 둘러보았다. 보는 사람은 없었다. 말라비틀어진 해바라기를 뽑아 올렸다. 뿌리는 이미 거무스름하게 썩어 있었다. 뿌리를 코에 가져가자 퀴퀴한 냄새가 물씬 풍겼다. 갑자기 현기증이 났다. 한지 위에 먹물 한 방울 떨어지는 것처럼, 검은 것이 눈앞에 퍼져 갔다. 또 허깨비였다.

허깨비가 사사건건 내 일에 훼방을 놓는 것 같았다. 내 가방 속에 숨어서 따라다니는 것 같기도 했다. 식탁에 앉으면 내 음식을 먼저 맛보고, 잠자리를 펴면 녀석도 눕는다고 상상하자 몹시 기분이 나빴다.

　지치고 두려울 때마다 나타나는 검은 그림자는 바이러스에 감염된 사과의 반점 같았다. 반점이 커지면 사과는 익기도 전에 떨어진다. 나 역시 나쁜 바이러스에 감염된 것 같았다. 어떻게든 바이러스를 치료하려고 노력했다. 아무 일도 하지 않는다면 아마 미쳐 버릴지도 모를 일이었다.

　텔레비전을 보다가 '놀라운 세상'이란 프로그램에 전화한 것도 그런 이유 때문이었다. '놀라운 세상'은 주말마다 신비한 구경거리를 찾아서 보여 준다. 나는 방송국 담당자에게 우랑이네 동굴에 대해 알려 주었다. 설마리 동굴이 방송에 나간다면 뭔가 달라질 거라고 생각했다. 방송국 직원은 나중에 연락할 테니 내 전화번호와 주소를 불러 달라고 했다. 그러나 일주일이 지나도 연락은 오지 않았다.

　나는 인터넷 서핑도 부지런히 했다. 인터넷을 하는 동안만큼은 시골구석에 처박혀 있다는 느낌이 들지 않았다. 그리고 인터넷에서는 원하는 사람들을 만날 수 있었다. 교수와 철학자, 군인과 경찰, 정치인과 종교인, 보일러공에 목수까지, 그 사람들은 늘 무언가를 남에게 가르쳐 주고 싶어 했다.

사람들은 봉지에 라면 끓이는 법을 가르쳐 주고, 고양이에게 된장국을 먹이는 법도 기꺼이 알려 준다. 정말 모르는 게 없다. 심지어 학교에서 조퇴하고 싶을 때 갑자기 열이 나게 하는 법도 친절하게 알려 준다. 감자 싹을 죽지 않을 만큼 먹어 배가 아프게 하는 방법도 배울 수 있다. 물론 내가 죽어도 그들은 책임지지 않겠지만.

어쩌면 어른들과 싸우지 않고 학교를 그만두는 방법도 알려 줄 것 같았다. 나는 인터넷 포털 사이트에 질문을 올리고 기다렸다.

질문 : 어른들과 싸우지 않고 학교를 그만두는 방법이 있을까요? 학교에 안 가도 되는 근사한 이유가 필요해요. 누구도 반박할 수 없는 아주 근사한 이유요.

첫날에는 실망스러운 답변만 달렸다. 아이디 로미오는 "네가 어떤 아이인지 알면 괜찮은 대답을 해줄 텐데."라는 답변을 남겼다. 나는 내 혈액형과 취미, 학교생활 이야기를 추가했다. 하지만 로미오가 언제 답을 달아 줄지 알 수 없었다.

결국 좋은 결과를 얻지는 못했다. 그래도 내 얘기를 털어놓으면서 조금 홀가분해졌다. 또한 학교를 지옥으로 여기는 많은 아이들을 인터넷에서 만나 볼 수 있어 적잖이 위안을 받았다. 그 아이들도 나처럼 글을 올리며 도움을 구했다. 어떤 글은 차라리 절규한다는 표현이 더 어울렸다. 그에 비하면 나는 괜찮은 편이란 생각이 들었다.

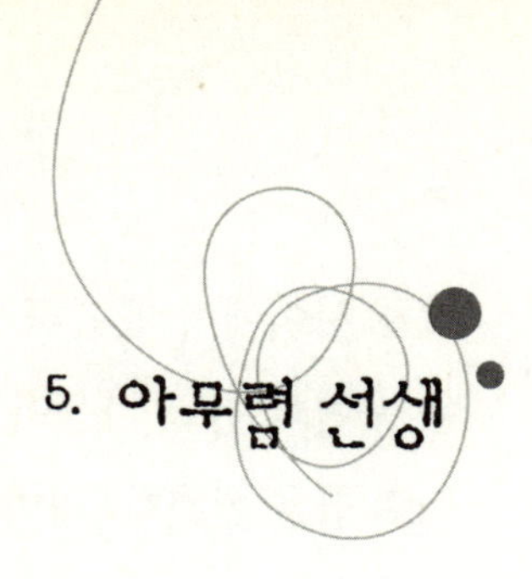

5. 아무렴 선생

폭풍우가 몰아치는 아침을 바랐으나 일어나 보니 정반
대였다. 앞산이 손에 잡힐 듯 선명하게 보일 정도로 날씨
가 맑았다. 나는 외할머니를 졸랐다.

"정말 가기 싫단 말이에요. 할머니가 선생님한테 말씀
드려 주세요."

"참가비까지 다 냈는데 그냥 가지 그래."

"몸살 났다고 하면 되잖아요."

"겨우 일박 이 일인데, 그냥 가."

외할머니는 끝내 전화해 주지 않았다. 수련회 내내 아

이들 사이에서 불편하게 있을 게 끔찍하기만 했다. 남들은 수련회 전날 마음이 설레 잠을 설친다는데, 나는 걱정으로 잠을 설쳤다. 할머니는 만 원짜리 지폐 두 장을 손에 쥐어 주었다.

"먹고 싶은 거 있으면 친구들하고 사 먹어."

코끝이 약간 찡해지려 했다. 할머니는 관절염 때문에 무릎이 아픈데도 버섯과 약초를 캐러 산에 다녔다. 돈을 벌기 위해서였다. 할머니가 그렇게 고생해서 번 돈을 군것질에 쓰고 싶지 않았다. 용돈을 책갈피에 넣어 두고 집을 나섰다.

버스는 나와 아이들을 낯선 산골짜기로 데려갔다. 잠에 빠져 있던 아이들은 버스에서 내려 어리둥절한 얼굴로 주위를 둘러보았다. 둘러선 높은 산의 꼭대기는 바위로 병풍이 쳐져 있었다. 낮은 곳에는 아름드리나무들이 빽빽했고 그 사이 계곡으로 물이 흘러내렸다. 수련원 건물은 소나무 숲에 반쯤 가려져 어딘지 모르게 은밀한 느낌이었다. 담임은 학급 인원을 헤아리고 나서 말했다.

"각자 방에다 짐을 놓고 나와서 견학을 가겠다."

방에 짐을 풀어 놓고 다시 모였다. 견학 장소는 근처에 있는 작은 동물 농장이었다. 거기에는 살이 쪄서 황소만

해진 멧돼지와 눈을 가리고 키우는 꿩, 녹용을 공급하는 사슴 등이 있었다. 비좁아 보이는 철창 안에서 덩치 큰 곰이 정신없이 왔다 갔다 하며 울음소리를 냈다. 한 아이가 뭘 좀 아는 듯 말했다.

"쓸개즙을 빼내려고 곰을 키우는 거야. 저기 배 봐. 빨대를 박아서 쓸개즙을 뺀 자국이야."

살펴보니 곰의 뱃가죽에 작은 딱지가 져 있었다. 쓸개즙을 빼앗긴 곰은 슬퍼 보였다. 청동빛 쇠파리들이 딱지의 진물을 빨아 먹으려고 날아들었다. 파리들은 곰의 눈에도 달려들어 윙윙거렸다. 곰은 구슬프고 깊은 소리로 울부짖었다. 정말 착잡한 풍경이었다.

아이들은 우랑이와 경진이 패거리로 나뉘어 몰려다녔다. 경진이는 다른 마을의 골목대장으로 우랑이와 은근히 경쟁했다. 아이들은 곰 따위는 관심도 없는 듯 하이에나처럼 낄낄거렸다. 할 수만 있다면 녀석들을 죄다 잠잠한 바위로 만들고 싶었다.

저녁을 먹고 학생들은 수련원 운동장에 모였다. 감자를 구워 먹도록 모닥불이 준비되어 있었다. 아이들은 각자 은박지로 감자를 싸서 불씨 아래 묻었다. 그리고 익을 때까지 춤을 추고 노래를 불렀다. 아이들의 얼굴은 불기운에 발그레하게 달아올랐다. 구운 감자를 먹느라 입과 얼굴은 재투성이가 됐다.

아무렴 선생은 아이들을 일으켜 세웠다. 모두 줄지어 모닥불 둘레를 돌며 춤을 추고 노래를 불렀다. 한 아이가 인디언이 내는 이상한 소리를 냈다. 그러자 다른 아이들도 따라 했다. 아득한 옛날 원시 부족들도 이러했을 거란 생각이 들었다.

나는 원시 의식에서 빠져나왔다. 하늘에 반달이 떠 있고, 카시오페이아 별자리도 보였다. 하늘의 별들이 우리 머리 가까이 내려와 있었다. 주위 산들은 푸르스름한 안개 속에서 우리 쪽으로 바짝 다가와 있었다. 누가 어깨를 짚어 돌아보니 담임이었다.

"순민이만 우리 부족이 아닌 거 같아."

나는 처음에 무슨 말인지 이해하지 못했다.

"다들 즐거운데 너만 무표정해서 말이야."

"……."

"친구가 없어서 그런 거야. 친구 하나만 만들어 봐. 알았지?"

담임은 내 등을 두드려 주고 어둠 속으로 사라졌다. 짐승처럼 웅크리고 앉은 산이 나를 꾸짖듯 보고 있었다.

다음 날 오후 우리 반은 범바위 계곡으로 갔다. 보기만 해도 가슴이 탁 트이는 계곡이 펼쳐져 있었다. 맑은 냇물 바닥에 깔린 깨끗한 조약돌이 환한 빛을 냈다. 담임은 폭포 아래 널찍한 바위에 자리를 잡았다. 바위는 충분히 넓어서 아이들 모두가 앉을 수 있었다. 아이들과 한 배에 탔다는 희한한 느낌이 들었다.

"오늘 글짓기 주제는 자연과의 대화이다."

아이들 사이에 수선스러운 비명이 일어났다. 담임은 무시하고 이야기를 계속했다.

"사람에게는 세상 만물과 교감하는 특별한 능력이 있다. 세상 만물은 여러분뿐만 아니라 여기 널린 조약돌까지 해당된다. 여러분은 오늘같이 특별한 날, 자연과 교감을 나누는 예술가가 되어 보는 거다."

담임의 말이 끝나기도 전에 뒤에서 불평이 들려왔다.

"돌에 대해서 무슨 글을 쓰냐."

"저번에는 기왓장이 꾸는 꿈에 대해서 쓰라고 하시더니만…… 누가 시인 아니랄까 봐서 저러나."

아무렴 선생 반의 급훈은 '상상력과 꿈'이다. 아무렴 선생은 돌과의 대화 정도는 아무렇지도 않게 해낼 것을 요구했다.

"먼저 대화 상대를 찾아라. 대화 상대를 안 해 준다고 실망하지는 마라. 끈기와 정성을 갖도록 해라. 지금부터 흩어져서 대화 상대를 찾아보도록!"

널찍한 계곡은 온통 하얀 조약돌 세상이었다. 그 위로 걸을 때 서걱거리는 소리가 났다. 조약돌이 말을 걸어오는 것 같기도 했다. 그렇다 해도 조약돌에 대해 무슨 글을 쓸 수 있을까. 조약돌을 양손에 주워 들고 귀에 대 보는 아이가 보였다. 여학생들은 머리를 맞대고 둘러앉아 소곤거리고 까르르 웃기도 했다.

"이건 누가 낳아 놓고 간 알이 아닐까?"

"방금 네가 낳은 거 아니냐? 네 엉덩이 밑에서 주웠다고."

"너 장난칠래!"

아이들이 웃고 떠드는 소리가 들렸다. 그곳에서도 나는 혼자였다. 폭포 아래쪽으로 가는데 바위 하나가 눈에 띄었다. 가장 못나게 생긴 바위였다. 검붉은 색에 울퉁불퉁하고 모서리가 많아 험상궂었다. 채석장에서 캐내어 던져진 바위 같았다. 아니, 우주에서 떨어진 운석일지도 모른다는 생각이 들었다.

그 바위가 마치 나 자신처럼 느껴졌다. 순간 어떤 영감이 반짝 스쳐 갔다. 유치한 이야기일지도 모르지만, 나는 바위의 어떤 숨겨진 면을 본 것 같았다. 나는 따가운 햇볕도 잊고 글을 써 나갔다. 바위들이 일시에 우르르 쏟아져 내리는 부분까지 썼을 때, 갑자기 호루라기 소리가 끼어들었다.

"시간을 더 줄 테니 아직 완성 못한 학생은 저녁 먹기 전까지 제출해라. 안 그러면 국어 수행 평가는 영점일 테니 그리 알도록!"

나는 자리에서 일어나지 않았다. 이 글을 정말 멋지게 끝내고 싶었다. 바위에 저녁놀이 비쳐 더욱 붉었다. 붉은 바위는 화가 난 것처럼 보였다. 마지막 줄을 쓰고 나서 고개를 들어 보니 골짜기에 나 혼자뿐이었다.

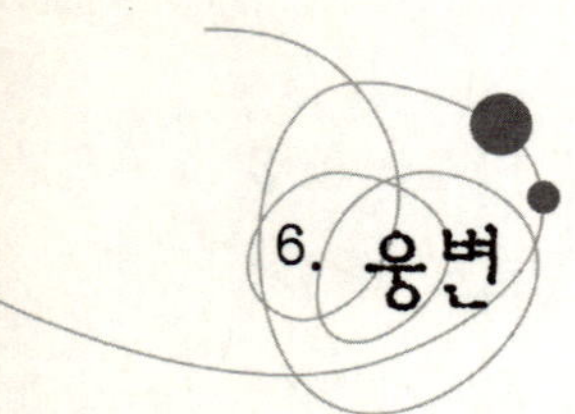

6. 웅변

"오늘부터 이 원고 외워. 교내 웅변대회에 나가는 거야. 알았지?"

수업이 끝나고 청소하는데 담임이 말했다. 2주 전 수련회에서 써낸 원고였다.

"글에 담긴 비판 정신을 높게 산 거야."

"선생님, 그, 그건……."

비판이 아니라 비아냥이라고 차마 말할 수 없었다. 나는 고개를 들지 못하고 원숭이처럼 얼굴만 붉었다. 이런 글을 정말 아이들 앞에서 발표해야 하는 것일까. 그랬다

간 아이들에게 왕따를 당하다 못해 살해될지도 모른다는 걱정이 앞섰다.

"유머와 교훈도 제법이야. 자신감을 가져!"

얼굴 위로 벌레가 기어가는 것 같았다. 만져 보니 땀이 흘러내리고 있었다. 정말 웅변을 해도 되는 원고일까.

내가 쓴 글은 설마리란 마을에 사는 "설마!"라고 말하기 좋아하는 사람들 이야기였다. 마을 사람들은 뒷산에 흔들바위가 설마 굴러 내리랴 했다. 흔들바위는 색깔이 점점 붉어져 흉한 징조를 드러냈다. 어느 날 바위가 굴러 내려 마을을 덮치고 학교까지 굴러갔다. 산을 개발한다며 파헤친 사람들 때문이었다. 글 속에 우스꽝스러운 선생이 나오는데, 모델이 바로 담임이었다. 이 사실을 담임이 모를 리가 없다.

글이 괜찮다 해도 웅변은 또 다른 문제였다. 앞에 나가 발표하는 일은 생각만 해도 공포스러웠다. 칠판에 써 놓은 수학 문제를 풀기 위해 교단에 올라서면 다리가 후들거렸고, 정신이 아뜩해졌다. 아는 문제도 못 풀기 일쑤였다. 모기 소리라는 별명까지 가진 나였다.

"걱정 마. 선생님이 도와줄 거니까."

담임은 자신감을 불어넣어 주려고 했다. 그래도 까마득

한 기분은 사라지지 않았다.

"순민이는 할 수 있다! 해 보는 거지? 선생님이랑 같이 해 보는 거야!"

지나가던 아이들이 궁금한 듯 돌아보았다. 담임은 나를 어딘가로 데려가며 말했다.

"생각해 봐. 말을 잘 못하던 아이가 웅변을 멋지게 하면 감동적일 거 아냐. 말하기는 훈련하면 누구나 잘할 수 있어. 잘하면 상도 받을 수 있을 거야."

문득 며칠 전 외할머니가 담임을 찾아간 일이 생각났다. 외할머니는 텃밭의 오이와 가지를 따서 만든 꾸러미를 들고 담임 집을 방문했다. 갑작스러운 웅변은 오이와 가지가 만든 결실이 분명해 보였다.

담임은 음악실에서 웅변 연습을 시키려 했지만, 여학생 몇이 둘러서서 피아노를 치고 있었다. 담임은 다시 양호실로 향했다. 양호실 문을 여는 순간, 소독약 냄새가 훅 끼쳤다. 어머니가 돌아가실 때 병원에서 나던 그 냄새, 왠지 숨이 막히고 맥이 풀렸다. 담임이 내 배를 툭툭 쳤다.

"배에 힘을 주고, 입술은 야무지게 다물고, 턱은 좀 당기고. 그렇지."

나는 웅변에 집중하지 못했다. 내 일이 아닌 것만 같아서 마지못해 할 뿐이었다.

"시선은 15도 위쪽을 보라고. 그래야 목소리가 크고 높게 나와."

위를 보는 척하면서 담임의 약간 불룩한 배를 쳐다보았다. 뱃살이 논두렁 흙처럼 말랑할 것 같았다. 딴생각하는 걸 알았는지 담임이 다그쳤다.

"위를 봐. '이 연사 외칩니다.' 에서는 모든 청중을 일으켜 세우는 느낌으로 두 손을 들고."

담임이 한 발 물러서며 말했다.

"가슴을 펴고 당당하게 해 보자."

나는 원고를 읽어 나갔다. 그러면서 담임이 만들어 준 딱딱하고 어색한 자세를 잃지 않아야 했다. 목소리를 억지로 쥐어짜 내느라 목이 아프고 숨이 찼다. 원고를 든 팔도 아팠다. 터무니없는 글을 쓴 죄로 벌 받는 것일까.

"여러분! 세상에서 제일 무서운 것이 무엇입니까? 설마가 사람을 잡는다는 속담을 들어 보셨는지요? 제일 무서운 것은 귀신, 도깨비도 아니고 설마입니다. 사람 잡는 설마는 세상에서 가장 무서운 마왕이 분명합니다. 설마설마하다가 도둑이나 강도를 만나고, 침략을 당하고, 나라를 빼앗겼던 일을 기억하십니까?"

이 부분은 담임이 써 준 부분이다. 담임은 설마라는 단어를 발음할 때 입을 크게 벌리고 힘을 주라고 했다. 세 쪽을 읽었을 뿐인데 벌써 쉬어 버린 목청이 문제였다. 소리를 질러도 목에서는 바람 소리만 새어 나왔다. 담임은 화가 났는지 무서운 표정을 지었다.

"사내자식이 그래서 어디에 써! 다시!"

"마을 사람들은 설마하니 흔들바위가 굴러 내리지는 않을 거라고 말했습니다. 이장님도 설마하니 수백 년 끄떡없던 흔들바위가 도사님처럼 하산하는 일은 없을 거라고 장담했습니다. 이장과 마을 사람들, 선생님까지도 모두 설마병에 걸려 설마, 설마 하였습니다."

고개를 넘듯 힘겹게 원고를 넘기는데 뜻밖의 구원자가 나타났다. 창밖에서 우렁찬 헬리콥터 소리가 들려왔다. 근처 군부대에서 날아온 전투 헬리콥터 편대였다. 편대는 산을 스칠 듯이 낮게 날았다. 회전날개 바람에 유리창이 흔들렸다.

꽝!

갑작스런 소리에 나는 깜짝 놀랐다. 담임이 신경질 나서 창문을 닫는 소리였다.

"설마 했더니."

이어서 두 번째, 세 번째 편대가 지나며 유리창을 흔들었다. 담임은 시계를 들여다보았다.

"아무렴! 오늘은 이만 하고, 네 입에 맞게 원고를 좀 더 손보는 거야. 그리고 내일모레까지는 다 외워. 알았지?"

다음 날에도 웅변 연습을 계속했지만 실력이 느는 것 같지는 않았다. 입술에 경련이 일었고 혀는 자꾸 꼬였다. 웅변은 내가 할 수 없는 일이었다. 마음이 착잡하고 답답했다. 잠이 잘 오지 않았고 엉뚱한 불안감에 시달렸다. 말을 하다가 차갑게 번쩍거리는 마이크에 앞니가 부딪치는 상상은 몸서리치도록 끔찍했다. 키 작은 아이들이 단상에 설 때 올라가야 하는 받침대도 싫었다. 단상에서 떨어져 조롱거리가 되는 상상에 진저리가 났다.

나는 아이들이 모두 가 버린 운동장에 서 있었다. 숨이 막히도록 조용했다. 걸음을 옮길 때마다 뜨거운 왕모래들이 버석거리는 소리를 냈다. 심장이 모래 위로 굴러가는 듯 마음이 불편했다.

"순민아."

화들짝 놀라 돌아보니 벼리다. 벼리는 운동장 끝의 왕벚나무 그늘에 서 있었다. 벼리는 늦게까지 남아 학급 일을 할 때가 많았다. 오늘도 게시판에 그림과 글을 붙이는 작업을 하는 걸 봤다.

"너 선생님이랑 뭐 하다 왔어?"

"우, 웅변 연습."

"웅변? 니가 웅변을 해?"

마치 내가 웅변하는 것은 있을 수 없는 일이라고 말하는 것처럼 들렸다. 나는 벼리에게 미안했다. 예전 웅변대회마다 벼리가 나가서 상을 탔다는 걸 알기 때문이다. 웅변이라면 벼리가 몇 배는 더 잘할 것이 분명했다.

"힘들겠다."

벼리가 화를 내면 어쩌나 했는데 뜻밖이었다.

"……."

"원고 외우기가 제일 힘든데. 잘 안 외워지면 다 안 외워도 돼. 웅변하다 막히면 원고를 살짝 봐도 되니까."

벼리는 웅변 요령을 알려 주고 싶어 하는 것 같았다.

"목소리가 잘 안 나오면 목청 트이는 연습도 해. 음악 시간에 하는 아에이오우 알지? 나는 예전에 날계란도 먹었어."

입안에 비릿한 맛이 느껴져 절로 얼굴이 찌푸려졌다. 벼리는 떨떠름한 얼굴이었지만 기분이 나쁜 것 같지는 않았다. 벼리의 진심이 어떤 것일까 궁금했다.

64

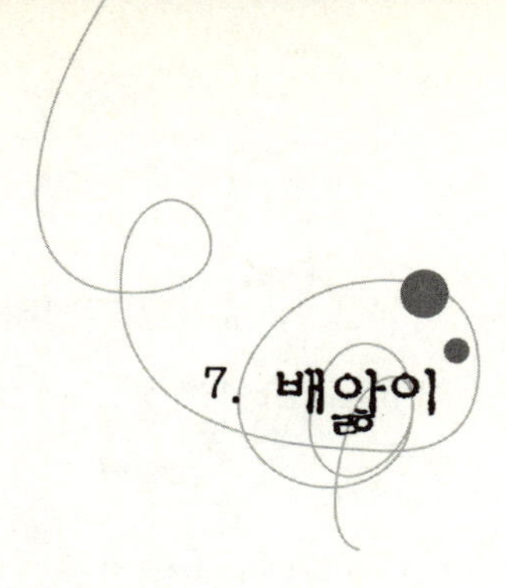

7. 배앓이

시험 첫 시간부터 아랫배가 아프기 시작했다. 문제에
집중하기 힘들었다. 앞자리 영채는 시험지 속으로 머리가
빨려 들어갈 듯 보였다. 벼리는 머리카락을 잘근잘근 씹
었다. 그러다가 심각하게 답을 쓰곤 했다. 그사이 배앓이
는 더해만 갔다. 집이었다면 틀림없이 대굴대굴 구르며
소리를 질렀을 거다.

"많이 아프니?"

아무렴 선생은 한동안 팔짱을 끼고 나를 지켜보았다.
나는 배를 움켜쥔 채 해쓱해진 얼굴을 들었다. 처음에는 시험을 안 보려고 꾀병하나 의심하는 눈치였다.

"많이 아파?"

"……"

담임은 급성 맹장염인지 알아보기 위해 일어나서 몇 걸음 걷게 했다. 맹장염일 경우 아파서 걷지 못할 정도가 된다고 했다. 나는 몇 발짝 걸어 보았다. 급성 맹장염은 아니었다. 하지만 배 속에 게가 있어 창자를 물어뜯는 것만 같았다.

"오늘은 양호 선생님이 안 계시는데 어쩐다? 일단 집으로 가거라."

담임은 시험 감독을 잠깐 멈추고 신발장 앞까지 가방을 들어다 주었다. 그만큼 내 상태가 걱정스러운 모양이었다. 나는 겨우 걸음을 떼어 놓았다.

운동장으로 나서자 다리가 후들거렸다. 강렬한 햇빛에 모래 먼지바람까지 불어왔다. 눈을 제대로 뜰 수 없었다. 구부정한 자세로 종종 걸음을 내디뎠다. 운동장이 그토록 넓게 느껴진 적은 처음이었다.

녹슨 축구 골대 앞을 지날 때였다. 하얀 것이 펄럭이며 내 앞으로 빠르게 날아갔다. 처음에는 비닐봉지인 줄 알았다. 하얀 것은 가오리연의 꼬리처럼 흔들리며 축구 골대 안으로 날아갔다. 그물망에 걸려 펄럭거리는 것을 가까이 가서 보니 뱀 허물이다. 반투명한 하얀 껍질에 비늘 자국이 선명했다. 가래떡만큼 굵고 긴 뱀이 만든 허물이었다.

한 소년이 운동장 저편에서 달려왔다. 갑자기 배가 더 아파 왔다. 소년이 몇 발짝 앞으로 다가오더니, 뱀 허물을 그물망에서 떼어 냈다. 구릿빛 팔이 유난히 길어 보였다. 소년은 뱀 허물을 막대기 끝에 꿰었다. 그러다가 잠시 멈추어 분홍빛 감도는 눈으로 나를 힐끗 보았다. 나는 그 소년 때문에 배가 더 아픈 것 같아 기분이 좋지 않았다. 소년은 무슨 생각에선지 가다가 돌아서 말했다.

"방죽에 있는 뽕나무 아래에서 주웠어. 뱀은 가지 틈새로 지나가면서 껍질을 벗어. 이렇게 말이야."

소년은 왼손으로 나뭇가지 모양을 만들어 그 사이로 뱀 허물을 통과시켰다. 그 모양을 직접 보았다고 했다. 그만한 뱀 허물을 만들어 낼 정도라면 대체 얼마나 큰 걸까? 문득 팔뚝만 한 뱀이 먹이를 통째로 삼키는 장면이 떠올랐다. 한 아이가 뱀의 아가리에 물려 괴롭게 몸부림쳤다. 끔찍한 상상 때문인지 배가 더 아팠다. 마치 배 안에서 거대한 뱀이 요동치는 것만 같았다.

내가 걷자 소년이 천천히 따라왔다. 나는 뱀이나 뱀 허물이 징그럽지 않느냐고 물었다. 소년은 뱀이 징그럽기는 커녕 귀엽다고 했다. 가지고 놀다가 물려 보았는데 별로 아프지도 않았다고 했다. 운동장이 끝나는 데서 소년은 뱀 허물을 깃발처럼 날리며 달려갔다.

마을 입구에 들어설 즈음 배앓이는 가라앉았다. 무엇이든 쥐어뜯고 싶을 정도로 아팠는데 이렇게 멀쩡해지다니 이상한 일이다. 어떤 심술꾸러기가 나를 놀리는 것만 같았다. 외할머니가 꾀병으로 의심할까 걱정됐다.

"왜 벌써 왔니?"

"배가 조금 아파서요."

외할머니는 상추와 머위를 한 소쿠리 담아 놓고 수돗물에 헹구던 중이었다. 나는 얼굴을 찡그렸다. 배가 아파서가 아니었다. 언젠가 약 대신 먹은 머위즙의 씁쌀한 맛이 생각나서였다. 이번에도 배가 아프다고 하면 외할머니는 또 머위즙을 마시게 할 것 같았다. 나는 도망치듯 방으로 들어갔다.

"배 아파? 얼마나 아프기에 조퇴하고 온 거야?"

외할머니는 앞치마에 손을 닦으며 방으로 따라 들어왔다. 수돗물에 차가워진 손이 배를 쓸기 시작했다. 외할머

니는 '할미 손이 약손이다' 주문을 반복해서 외웠다. 나
는 간지러움에 웃음을 참지 못했다. 이렇게 쉽게 들킬 줄
알았어야 했다. 아프지 않은 것에 만족했는지 외할머니는
나무라지 않았다.

"쉬다가 다시 학교 가."

나는 한 시간 정도 집에 있다가 다시 학교에 갔다. 담임
은 내가 돌아온 것을 칭찬해 주었다. 그리고 아이들과 떨
어진 자리에 책상을 놓고 시험지를 한꺼번에 주며 시험을
치르게 했다. 시험은 의외로 쉬워서 빨리 끝났다.

일주일쯤 지났다. 점심시간에 운동장 철봉 쪽에 아이들
이 죄다 모여 있었다. 더위 때문에 공놀이하는 아이들은
보이지 않았다. 아이들은 나를 보더니 갑자기 얼굴이 굳어
지고 조용해졌다. 내가 나타난 것이 거북한 얼굴이었다.

"순민이, 너 이번 시험에 커닝했지?"

돌아보니 우랑이다. 호전적이고 무례한 질문에 마음이
언짢았다. 오전에 시험 성적을 알려 줬는데 1등은 영채였
고 다음은 벼리, 나, 우랑이 순서였다. 영채와 벼리, 우랑
이 삼총사 사이에 내가 낀 거였다. 나는 오전 내내 기분이
좋았다. 하지만 우랑이는 자존심이 상한 모양이다.

"말해 봐!"

주위에 있던 아이들 모두 나를 쳐다보았다. 아이들이 나를 이상하게 쳐다본다는 것만으로도 견디기 어려웠다. 하지만 나는 잘못한 것이 없었다. 이번 시험은 쉬웠다. 어디서 한두 번 풀어 본 문제들만 나온 듯했다. 이런 사실을 어떻게 설명한단 말인가. 나는 잘못이 없는데도 아이들이 두려웠고 목소리가 떨렸다.

"무슨 말이야. 나, 아, 안 했어."

아무도 믿어 주지 않는다는 생각에 나는 더욱 당황했다. 뒤에서 지켜보던 벼리가 우랑이에게 말했다.

"증거 있냐? 순민이가 커닝했다는 증거를 말해."

"그래! 그렇게 무턱 대고 몰아세우지 말고 증거를 대!"

벼리의 말에 맞장구쳐 준 아이는 다른 동네에 사는 여자아이였다. 나는 두 아이의 말에 겨우 숨통이 트이는 느낌이었다.

"시험 보다가 중간에 아프다고 나갔잖아. 그러고 다시 와서 시험을 치렀잖아. 그때 어디서 시험 문제를 볼 수도 있지 않겠어?"

뒤에서 경진이가 거들었다.

"그리고 꼭 봐야만 아는 건 아냐. 갑자기 시험 성적이 로켓을 탔다는 게 증거라고."

그러고는 철봉에 매달려 나를 향해 다리를 뻗었다. 경진이는 탱크라는 별명이 있을 정도로 무거운 아이였다. 경진이는 두 다리로 내 허리를 잡고 놓아 주지 않았다. 나는 벗어나려고 애를 썼다. 아이들이 낄낄거리는 소리가 들려왔다. 그 위로 우랑이의 긴 다리가 날아와 목을 감았다. 나는 둘의 체중을 견디지 못하고 주저앉았다. 그러자 철봉에 매달려 있던 아이들이 내 위로 쏟아져 내렸다. 나는 모래투성이가 된 얼굴을 털어 냈다. 눈물을 참을 수가 없었다.

"너희들 그만두지 못해!"

벼리가 눈을 부릅뜨고 소리를 질렀다.

"계속 이러면 선생님한테 말씀드릴 거야!"

벼리의 말에 우랑이는 생각해 보는 눈치더니 한발 물러섰다.

"좋아. 다음 시험 때 보자."

그건 내가 하고 싶은 말이었다. 나는 입술을 깨물었다. 다음 시험에서 우랑이를 더 납작하게 해 주리라. 그러나 결심은 하루도 가지 않았다.

하필 이날 담임은 웅변 리허설을 한다고 했다. 교내 웅변대회가 이틀 앞으로 닥쳐왔기 때문이다. 담임은 나를 나오라 해서 단상에 세웠다. 그리고 자신은 내 자리로 가서 앉더니 말했다.

"처음부터 한 번 깔끔하게 해 보는 거야. 자, 이제 시작해 봐!"

겨우 고개를 들어 교실을 둘러보았다. 미친 듯이 가슴이 두근거렸다. 마치 남의 심장이 내 안에 들어와 난폭하게 요동치는 것 같았다. 벼리가 뚫어져라 나를 보고 있었다. 웅변을 한다면 벼리가 훨씬 잘할 것이다. 아니, 반 친구들 모두 나보다 잘할 것이다. 나는 다시 고개를 숙였다.

"어서 해 봐!"

담임이 다그쳤다. 웅변 첫 마디가 입안에서 맴돌며 나오지 않았다. 자신들이 돌멩이에 비유되고 잔인하게 처벌당한 사실을 안다면 아이들이 죽이려 달려들 것만 같았다. 아까는 서너 명이었지만 이번에는 학급 전체가 달려들 것이다. 여기저기서 짜증을 내며 재촉하는 소리가 들려왔다. 공연히 목이 메고 눈물이 나왔다. 아이들 얼굴이 흐릿하게 보였다.

"권순민! 무슨 일이야?"

담임은 나를 데리고 교무실로 갔다.

"무슨 일이 있었던 거야? 말해 주면 안 될까?"

담임은 이리저리 나를 살피더니, 내 목에 난 붉은 자국을 발견하고 어찌된 거냐고 물었다. 나는 아무 말도 하지 않았다. 담임은 안 되겠는지 전화기를 들었다.

"순민이가 말을 하지 않네요. 무슨 일이 있었나요?"

전화기 너머에서 외할머니의 목소리가 가늘게 들렸다. 담임이 다시 말했다.

"물 밖으로 던져진 조개 같네요."

물 밖으로 던져진 조개라니, 지금 내 처지에 정말 안 어울리는 표현이라 생각되었다. 하지만 뜻밖의 표현은 어느 정도 내 기분을 바꿔 주었다. 그러고 보니 조개 하나가 목구멍에 걸린 듯 아팠다. 담임은 내게 전화기를 건네주었다. 걱정이 담긴 외할머니의 목소리가 아득하게 들려왔다. 목에 걸린 조개 때문에 목이 메었다.

웅변대회 하루 전에 연사는 벼리로 바뀌었다. 벼리는 단 하루 연습했는데도 우수상을 받았다. 벼리의 웅변을 들으며 나는 몸이 땅속으로 꺼지는 것 같았다.

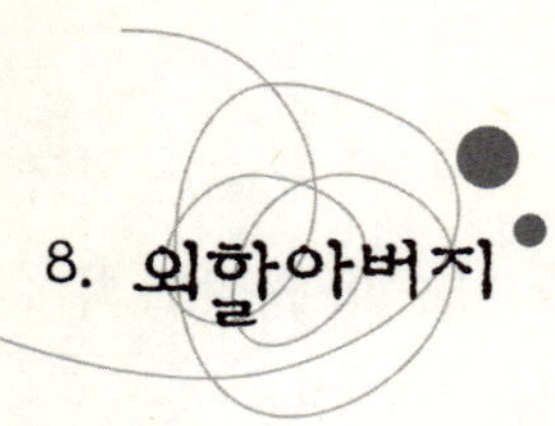

8. 외할아버지

　학교에서 돌아왔을 때 외할아버지는 소에게 먹이를 주고 있었다. 방으로 들어가려는데 외할아버지가 말했다.

　"우리 순민이 꿀 훔쳐 먹었느냐?"

　어째 꿀 먹은 벙어리처럼 되었냐는 질문이다. 나는 대답하지 않았다. 외할머니도 방에서 나오며 한마디 했다.

　"혀가 잘 있나 보자. 도둑맞았으면 경찰에 신고라도 해야지."

　"웅변시키려다 오히려 벙어릴 만들었구먼. 쯧쯧."

　외할아버지 내외는 씁쓸하게 웃으며 말했다. 두 분의

유머는 가라앉은 내 기분에 별 위로가 되지 못했다. 그날 나는 학교를 그만두겠다고 선언했다. 깊이 생각한 끝에 내린 결정이었다. 학교에 가느니 차라리 집을 나가겠다는 말로 내 결심을 나타냈다.

이틀 동안 학교에 가지 않았다. 덕분에 그럭저럭 마음이 안정됐다. 정오 무렵 외할아버지가 큰 소리로 전화 받으라고 소리쳤다. 담임일 거라 생각하고 마음을 다졌던 나는 전화를 받고 화들짝 놀랐다.

"순민이 학교 안 갔다며?"

아버지 목소리였다. 내가 학교에 가지 않은 일이 베트남에 있는 아버지에게도 알려져 있었다. 이 정도면 내 결석이 국제적인 사건이 된 셈인가. 나는 웃음이 나왔다.

"너 지난번 아빠하고 한 약속 안 잊었지?"

나는 기어들어 가는 목소리로 겨우 대답했다.

"네에."

"사내자식이 그깟 일로 토라지면 쓰나. 마음 추스르고 학교에 가."

이어서 뭐라고 말했지만 귀에 잘 들어오지 않았다.

저녁 무렵 담임이 가정 방문을 왔다. 예상했던 일이었다. 담임은 벼리에게서 우랑이 패거리가 괴롭힌 일을 전

해 들었다고 했다. 담임이 안타깝다는 표정으로 말했다.

"우랑이가 원래 그렇게 나쁜 애가 아닌데, 널 괴롭혔구나. 우랑이가 미안하대. 사과하면 받아 줄 거지?"

초등학교 때도 비슷한 이야기를 들은 기억이 났다. 4학년 때인가. 그때도 어떤 남자애가 날마다 나를 꼬집고 내 책을 휴지통에 버리며 괴롭혔지만, 본래는 착한 아이라고 했다. 그건 아마 사실일지도 모른다. 그저 올챙이를 갖고 놀듯 나를 갖고 놀았을 뿐이니까.

다음 날 오후 담임이 다시 왔다. 이번에는 우랑이와 경진이까지 함께였다. 왜 왔는지는 듣지 않아도 알 수 있었다. 담임에게 억지로 끌려온 듯 두 녀석은 떫은 얼굴이었다. 녀석들과 마주치고 싶지 않았다. 나는 뒷문으로 나가 울타리 구멍을 통과해 집을 탈출했다.

무척 더운 날씨였다. 들판을 지나 냇가로 갔다. 조무래기들이 멱을 감고 있었다. 아직 학교에 들어가지 않은 네댓 살 아이들이었다. 개울이 깊지 않아 겨우 무릎이 잠길 정도였다. 물장구치고 고둥을 잡으며 아이들은 무척 즐거워 보였다. 옆에서 지켜보는 어머니 둘도 행복한 얼굴이었다. 나는 조금 떨어진 곳에 앉아 아이들의 물놀이를 구경했다.

“호두나무집 할아버지다!”

한 아이가 소리쳤다. 돌아보니 외할아버지가 이리로 오고 있었다. 흰 두루마기를 입은 외할아버지를 보니 푸른 들판에 내려앉은 백로가 생각났다.

나는 외할아버지를 존경했지만 친하게 지내지는 못했다. 꾸짖는 듯 엄한 표정에 다가가기 어려웠다. 외할아버지의 몸에서 나는 찌든 담배 냄새도 싫었다. 나는 외할아버지와 마주치기 전에 둑 아래로 숨을까 했다. 그러나 이미 먼발치에서 외할아버지가 나를 알아본 것 같았다.

“순민아! 내일이 증조할아버지 제삿날인 거 아느냐?”

외할아버지 목소리는 의외로 인자하게 들렸다. 나는 맥없이 고개를 저었다.

“할애비는 지금 제사 음식 팔러 장에 가는 길이다. 할애비랑 장에 갈 테냐?”

외할아버지는 항상 사는 것과 파는 것을 바꾸어 말했다. 장에 내다 팔 때는 산다고 말했고 장에서 사올 때는 반대로 팔았다고 했다.

“할애비가 맛있는 거 사 주마.”

이번에는 사는 것과 파는 것이 제대로다. 나는 벗어 놓았던 신발을 신었다. 장터 구경 생각에 우울함이 약간 가시는 듯했다. 그러나 마을 앞 버스 정류장을 그대로 지나치는 순간 괜히 따라왔다는 후회가 밀려들었다. 먼 거리인데도 버스나 택시를 타지 않기 때문이다. 땡볕이 머리 위에 불침을 놓아 골치가 지끈거렸다. 장이 열리는 읍내까지는 걸어서 30분 거리였다.

버스 한 대가 먼지를 일으키며 지나갔다. 이번에도 외할아버지는 버스를 타지 않았다. 오히려 못된 놈을 보듯 버스를 흘겨보았다. 우리는 지름길로 가기 위해 차도를 벗어나 논두렁길로 들어섰다. 풀숲에 있던 개구리들이 발등에 오줌을 갈기며 이리저리 달아났다.

"네 외증조할아버지가 좋아하실 게다."

외할아버지는 눈을 가늘게 뜨고 하늘을 올려다보았다. 외할아버지가 바라보는 북쪽 하늘 아래 어느 산기슭에 외증조할아버지의 묘가 있다고 했다. 지금은 갈 수 없는 휴전선 철조망 너머의 땅이다. 돌아가신 외증조할아버지의 사진 한 장 못 봤지만 이야기는 많이 들었다. 외할아버지는 느려진 걸음마다 한숨을 담아 옛날이야기를 풀어놓았다.

외증조할아버지는 휴전선 너머 마을에서 태어나 그곳에 묻혔다. 노래 가사처럼 봄에는 집집마다 복숭아꽃 살

구꽃이 피는 그림 같은 동네라 했다. 외할아버지는 외증조할아버지가 논두렁을 두드리다 화병으로 돌아가셨다고 했다. 어느 날 관청에 가 보니 조상 대대로 내려온 땅이 일본인이 경영하는 동양척식주식회사에 넘어가 있었다고 했다. 동양척식주식회사가 전국의 토지를 조사할 때 어떤 서류를 내지 않았기 때문이다. 그 일은 외증조할아버지로서는 듣도 보도 못했던 황당한 일이었다. 나라를 빼앗길 때도 서류에 도장을 찍는 간단한 방법에 당했다고 들었다. 같은 일이 외증조할아버지에게도 일어난 셈이었다.

서류 따위에 당하지 않으려면 신식 학문을 배워야 한다는 것이 외증조할아버지의 생각이었다. 그래서 열여섯 살이나 된 아들을 국민학교에 입학시켰다. 그 아들이 바로 외할아버지다. 외할아버지는 일본 글자에 덧셈 곱셈을 배우는 신식 학교 공부가 시시했다. 선생들이 칼을 차고 윽박지르는 것도 싫었다. 외증조할아버지가 돌아가시자 외할아버지는 학교를 그만두었다. 그해 유난히 백로 떼가 날아들어 논이 온통 희었다.

외할아버지는 징용을 피하기 위해 산에 숨어서 지내야 했다. 산에서 열매를 따 먹고 백로가 낳은 알을 훔쳐 먹으며 목숨을 이어 갔다. 아무것도 할 수 없는 자신이 슬퍼 눈물이 났다. 밤에만 집에 내려왔는데 벌레에 물려 꼴이 말이 아니었다. 일본 순사에게 검문을 당했는데 전염병 환자인 줄 알고 보내 준 적도 있었다. 그러다가 8월에 갑작스레 해방이 되었다. 하지만 남쪽과 북쪽이 휴전선으로 갈렸다. 외할아버지는 시집간 누이를 찾아 남쪽에 왔다가 영영 고향에 돌아가지 못했다.

나는 외할아버지를 구닥다리라고 무시했던 적이 있다. 평생 외진 마을을 벗어나지 못했다는 이유 때문이었다. 그러나 이 이야기를 듣고 생각이 달라졌다. 외할아버지는 언제든 고향에 돌아갈 수 있는 마을에 살아야 안심이 되었던 것이다. 나는 외할아버지가 그리워하는 북쪽 산 너머는 어떤 풍경일지 궁금했다.

한약방이 있는 삼거리를 지날 때였다. 가운데는 대머리이고 양쪽 귀 위로 흰 머리카락이 부스스한 노인이 달려 나왔다. 노인은 외할아버지를 몹시 반기며 어느 식당으로 데려갔다. 간판에 '심마니'라고 쓰인 한식당이었다. 노인은 심마니 식당의 주인이었다. 안에 있던 사람들이 외할아버지에게 인사를 건넸다. 나는 낯선 어른들에게 지겹도록 인사를 해야 했다. 식당 노인은 외할아버지의 손을 마주 잡고 말했다.

"그깟 닭 때문에 장에 갈 필요 있나요? 제사에 올릴 닭이라면 제가 드리지요."

식당 노인은 뒤꼍으로 가더니 잠시 후 다시 나타났다. 손에 암탉 날갯죽지를 그러쥐고 있었다. 키는 제법 껑충했지만 아직 몸집은 빈약한 영계였다. 주인이 닭 다리를 노끈으로 묶어 마당에 던졌다. 닭은 일어나려고 버둥거렸다. 노인이 날 보며 말했다.

"이 아이가 손자요? 어이구, 그놈 잘생겼다. 옜다. 너는 이 사탕 먹으면서 닭 잘 보고 있어라."

노인은 외할아버지에게 암탉을 선물한 대가로 고향 이야기나 실컷 나누려는 속셈이었다. 외할아버지가 막걸리 두 대접을 비우는 동안 벽시계의 긴바늘은 한 바퀴하고도 반 바퀴를 더 돌았다.

나는 어둑한 구석 나무 의자에 앉아 몸을 비틀며 막걸리 냄새와 담배 연기를 견뎠다. 공기가 좋은 바깥에 나가지 않는 건 외할아버지에게 빨리 가자고 재촉하는 시위였다. 닭은 바닥에 비스듬히 누워 불안한 모습이었다. 어른이 될 때까지 살아 보지도 못하고 죽을 어린 닭이 불쌍했다. 외할아버지는 얼굴이 벌그레해서 마냥 기분이 좋아 보였다. 결국 나는 기다리다 지쳐 먼저 집에 가겠다고 말했다. 그러자 식당 노인이 말했다.

"그럼 아가야, 네가 닭을 들고 가거라."

나는 날개를 잡아야 할지 품에 안아야 할지 몰라 망설였다. 식당 노인이 마루에서 내려와 잡는 법을 가르쳐 주었다.

"이렇게 들어 봐."

나는 마지못해 닭발을 잡았다. 눈으로만 보았을 때는 노란 닭발의 매끈한 비늘무늬가 마치 뱀의 살갗처럼 여겨져 징그러웠다. 하지만 막상 손으로 들어 보니 껍질이 매끄러운 나무를 잡은 것 같았다. 나는 엉거주춤한 자세로 닭을 들고 가게를 나섰다.

신기하게도 거꾸로 들린 암탉은 눈을 감고 날개를 치지도 않았다. 버르적거리는 몸짓도 하지 않았다. 거꾸로 들려 흔들리자 어지러운 모양이었다. 심마니 식당을 나와서 20분쯤 걸어 꼽등이 고개에 왔을 때였다. 팔이 아팠다. 땅에 내려놓아도 암탉은 여전히 눈을 감은 채 뻣뻣하게 누워 있었다. 불쌍하다는 생각이 들어 다리에 묶인 끈을 풀어 주었다. 암탉은 그제야 부스스 일어섰다. 그리고 여태까지 당한 고통을 잊은 듯 습관처럼 모이를 찾기 시작했다.

나는 닭을 천천히 몰아갔다. 무덤 뒤 숲으로 들어갔을 때도 서둘러 닭을 잡아야겠다는 생각은 들지 않았다. 꼽등이 고개 솔밭은 동서로 길기만 했지 폭이 넓지 않아 도망칠 곳은 별로 없었다. 닭이 무덤들 사이로 달아났을 때도 안이하게 생각했다. 닭은 다섯 걸음 정도 거리를 두고 멈칫거리며 달아났는데, 처음과 달리 속도가 꽤 빨랐다. 그냥 두면 안 될 것 같았다. 나는 조심조심 다가서며 잡을 기회를 노렸다.

꼽등이 고개 서쪽은 무덤이 많아 공동묘지나 마찬가지였다. 문득 그 생각이 나자 머리칼이 곤두섰다. 닭이 무덤으로 갈까 봐 나는 앞을 막으려고 했다. 녀석은 모양새가 껑충하고 볼품도 없었지만 동작은 재빨랐다. 나는 조급해져서 녀석을 향해 몸을 날렸다. 하지만 번번이 실패였다.

무덤을 빙 돌아서 가느라 한동안 닭이 보이지 않았다. 토담 너머로 낡은 기와집 한 채가 나타났다. 귀퉁이가 무너져 내린 황토 담장에 넝쿨이 무성했다. 담장 안쪽은 정원수로 가꾼 느릅나무와 단풍나무가 우거져 어두컴컴했다. 나무들에 지붕이 반쯤 가린 작은 기와집은 동네에서 보는 집들과 달랐다. 처마 밑 단청은 알록달록했고 그 아래 회벽에는 벽화가 그려져 있었다. 울긋불긋하고 무시무

시한 귀신 그림이었다. 닭은 바로 그 집 담 모퉁이에 서 있었다.

나는 담장 쪽으로 붙어 닭을 반대쪽으로 몰아내려고 했다. 그러나 닭은 내 속셈을 눈치챘는지 무너진 담장 사이로 냉큼 들어가 버렸다. 나는 잠시 망설이다 막대기를 주워 들고 담장 안으로 들어갔다. 집 모퉁이를 돌자 어디선가 향 피우는 냄새가 났다. 누군가 안에서 불쑥 나타날 것만 같았다. 쫓을수록 닭은 집 안 깊숙이 달아나 뒤란으로 향했다. 뒤란에는 덩굴풀과 잡초들이 우거졌고 그 위로 알록달록한 무늬의 나비들과 메뚜기들이 날아다녔다.

"흠!"

누군가 장독대 뒤 보이지 않는 곳에서 헛기침을 했다. 장독대 사이로 보니 위아래 검은 옷차림의 여자였다. 쳐다보는 눈길이 쏘듯이 날카로웠다.

"흠!"

헛기침 소리에 나는 몸이 굳어 버리는 것 같았다. 남의 집에 들어와서 그냥 도망친다면 도둑으로 오해할 것 같았다. 그래서 닭이 달아난 장독대 앞으로 다가가 일부러 소리쳤다.

"이놈의 닭! 저리 가!"

　장독대 앞을 지나칠 때 뚜껑을 열어 놓은 항아리에서 찝질한 간장 냄새가 났다. 그녀는 풀밭에서 나와 묘하다는 눈길로 나를 지켜보았다. 씨익 웃었는데 오히려 오싹한 느낌이 들었다. 멈칫거리는 사이, 닭은 열려 있는 부엌 뒷문으로 들어가 버렸다. 부엌은 햇빛이 거의 들지 않아 어두웠다. 나는 부엌으로 들어가지 못하고 망설였다. 그랬다가는 여자가 불호령을 내릴 것 같았다.

"너는 누구냐?"

　여자의 목소리가 뒤따라왔다. 여자의 얼굴은 창백했고 화난 듯 보였다. 나는 두려움에 사로잡혀 전속력으로 달렸다. 그리고 마당으로 나와 무너진 담장을 뛰어넘었다. 산 밑으로 내리 달려 수로 둑길로 들어섰을 때, 어디선가 소 울음이 들려왔다. 멀리에 소를 끌고 가는 농부가 보였다. 나는 농부가 있는 쪽으로 달려갔다. 소는 새끼를 잃었는지 자꾸 뒤돌아보며 억지로 끌려가고 있었다.

　날이 저물자 설마리 뒷산에서 뻐꾸기 소리가 들려왔다. 그날따라 뻐꾸기 소리가 떫게 느껴졌다. 외할아버지 댁 대문에 들어섰을 때 염소가 마른풀을 한입 가득 씹는 소리를 냈다. 염소는 어금니를 놀릴 때마다 오독오독 소리를 냈다. 그 소리가 이상할 정도로 크게 들렸다.

그날 밤 꿈에 닭이 나타났다. 닭은 숲을 벗어나 넓은 들판으로 달아났다. 외할아버지는 닭을 쫓아 힘껏 달렸다. 하지만 닭이 훨씬 빨랐다. 외할아버지는 지팡이를 휘두르며 더 빨리 달렸다. 키만 껑충한 닭은 지팡이를 피해 날려고 했다. 그러나 끝내 날지 못하고 뒤뚱거리며 달릴 뿐이었다.

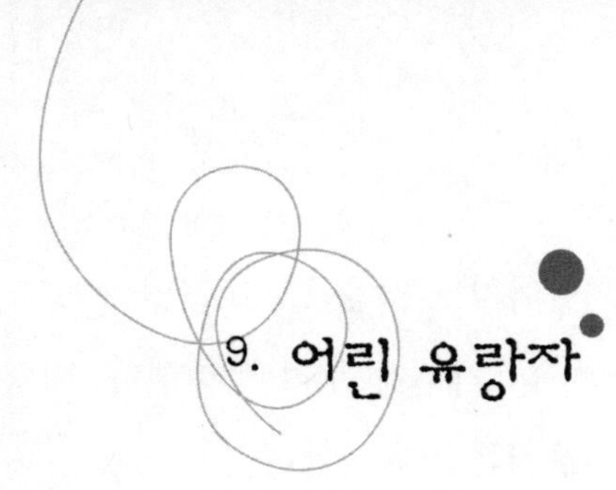

9. 어린 유랑자

"아무래도 그 닭이 살 팔자인가 보다."

외할머니는 죄인이 신당에 들어가면 잡아가지 않았다
는 옛날이야기를 했다. 외할아버지는 제사상에 닭을 올리
지 못했지만 나를 탓하지 않았다. 닭을 잃어버리고도 혼
나지 않아 기분이 이상했다.

나는 닭에 대한 미련을 버리지 못했다. 다음 날, 행여
닭을 잡을 수 있을까 싶어 꼽등이 고개를 어슬렁거렸다.
호젓한 숲길을 혼자 다니려니 무서웠다. 나는 든든한 참
나무 막대기를 호신용으로 짚고 다녔다. 하지만 그다음

날까지도 닭을 볼 수 없었다. 그러나 산과 들을 쏘다니고 나니 기분이 무척 상쾌했다. 이렇게 혼자서 숲을 쏘다녀 보기는 처음이었다.

문득 책에서 읽은 아프리카 부족의 성인식 생각이 났다. 그 부족의 소년들은 10대 후반에 마을을 떠나 밀림에 가서 살아야 했다. 밀림을 견뎌 내고 돌아와야 비로소 어른으로 대접받을 수 있었다. 소년들은 사자에게 먹히거나 독사에 물려 죽기도 했다. 모기에 물리거나 오염된 음식을 먹어 병에 걸리는 경우도 있었다. 힘든 밀림 생활 속에서 소년들은 서로 도와야 생존할 수 있음을 알았다. 그들은 우정이 어떤 것인지 알게 되었다. 죽음의 위험과 싸우며 몸과 마음이 강해졌고 부쩍 자랐다. 소년들은 가족이 얼마나 소중한지도 깨달았고, 돌아오면 가족을 더욱 사랑하는 사람이 되었다.

나도 아프리카 아이들처럼 밀림으로 떠나고 싶은 마음이 간절했다. 시시한 조무래기들의 학교가 아니라 밀림에서 살아 보고 싶었다. 내 안에 사냥꾼의 피가 흐르는 게 느껴졌다.

점심을 먹고 들로 나갔다. 멀리 한 아주머니가 논두렁을 다니며 삽으로 물꼬를 트는 게 보였다. 오랜 가뭄으로 논에 가둔 물이 부쩍 줄어 있었다. 논바닥에 많던 올챙이들은 다 어디 가고 어쩌다 한두 마리만 보였다. 벼는 짙푸르게 자라서 두 뼘 길이가 되어 있었다. 벼 위로 바람이 불자 논에는 잔잔한 녹색 파도가 일었다.

수로에 물이 가득 흐르고 있었다. 저수지 수문을 연 모양이다. 빠르지 않은 물살에 은빛 물비늘이 반짝였다. 어제까지는 갈라진 수로 바닥에 말라 죽은 미꾸라지, 올챙이들이 붙어 있었다. 그러나 지금은 개구리들이 자기 세상을 만난 듯 뛰어다녔다.

둑길 위로 천천히 자전거를 몰았다. 수로 위에 걸친 다리를 지날 때였다. 뱀 한 마리가 둑길을 천천히 기어갔다. 뱀은 개구리를 삼키는 중이었다. 머리를 먼저 먹혀 뒷다리만 보이는 개구리는 숨이 끊어졌는지 움직이지 않았다.

나는 자전거를 세우고 뱀을 지켜보았다. 이상한 일이다. 요즘 들어 뱀이 자주 눈에 띄었다. 길에서 차에 치어 죽은 뱀을 보기도 했고 아이들이 뱀을 때려죽이는 걸 보기도 했다. 뱀은 길에서 비키지 않고 꾸물거렸다.

"저리 가!"

알아들었는지 뱀은 잠시 멈칫거리다가 밧줄 같은 갈색 몸을 이끌고 풀 속으로 사라졌다. 나는 자전거를 밀며 천천히 따라갔다. 거리가 두세 걸음으로 좁혀졌을 때 뱀은 풀잎 아래에 멈추어 머리를 세우더니 두어 번 주억거렸다. 개구리는 이미 삼켜 버린 뒤였다. 뱀이 혀를 날름거리자 머리칼이 쭈뼛 서는 느낌이다. 두려움은 서서히 불쾌감으로 변했다. 뱀은 그렇게 한번 위협하고는 풀 속으로 미끄러져 들어갔다.

오후 이른 시간인데 아이들이 학교에서 돌아오고 있었다. 지난번 벼리가 내 편을 들어 준 일이 생각나서 벼리에게 고맙다 말하고 싶었다. 나는 다리를 건너 벼리네 집으로 갔다. 들판 한가운데 덜름하게 서 있는 조립식 집이다. 집 안에서 개 짖는 소리가 왕왕 울려 나왔다.

나무 울타리 안을 기웃거리는데 헛간 문이 삐걱 소리를 내며 열렸다. 수염을 기른 아저씨가 나타났다. 벼리 아버지가 분명했다. 나는 울타리 아래로 몸을 숨겼다. 벼리를 부를 용기가 나지 않았다.

들판 길을 한참 달려가자 다리가 나타났다. '삽다리'란 글자가 다리 표석에 새겨져 있었다. 삽다리 아래 개흙 바닥에 자잘한 조개들이 많았다. 조개들은 암회색의 고운 개흙 위로 줄을 그으며 돌아다녔다. 다리가 제법 자란 올챙이들도 보였다. 그중 한 마리가 풀잎 위로 기어올랐다.

올챙이는 아직 긴 꼬리가 무거운지 힘겹게 움직였다. 좀 더 자란 녀석들은 조금씩 뛰며 개구리 흉내를 냈다. 올챙이도 아니고 개구리도 아닌 어정쩡한 놈들이었다.

막대기로 개흙에 그림을 그리는데 어디서 갈댓잎 흔들리는 소리가 났다. 갈대숲 너머로 소에게 풀을 먹이는 소녀의 뒷모습이 보였다. 나는 반가운 마음에 자전거를 몰아갔다. 벼리네 소는 두꺼운 혀로 풀을 부지런히 감아 들였다. 소가 풀을 씹을 때마다 소리가 났다. 벼리는 무슨 이유인지 화가 난 얼굴이었다.

"빨리 집에 가서 시험공부 해야 돼. 그런데 이놈의 소는 배가 터지도록 먹으려고만 해."

그러고 보니 기말시험을 보는 기간이라 학교가 빨리 끝난 거였다. 학교에 가지 않은 내가 부끄러웠다.

"그래도 어쩌겠어. 이대로 끌어다 놓으면 밤새 배고프다고 울 거야. 얘는 송아지 때부터 내가 키웠어. 그래서 정이 좀 들었고 이놈도 나를 알아보는 것 같아."

벼리는 체념한 듯 줄을 집어 던지고 풀 위에 털썩 앉았다. 소는 풀을 뜯느라 도망갈 생각이 없어 보였다. 나는 집안일을 돕는 벼리가 대단해 보였다. 무엇이든 이야기를 나누고 싶었다. 벼리는 물 위에 떠다니는 소금쟁이들을 노려보다가 말했다.

"너 왜 학교 안 나오니? 아예 그만둘 생각이야?"

"……."

"동네에 소문났더라. 너 학교 다니기 싫어서 귀신 핑계 댄다며? 정말이야?"

"……."

"너 솔직히 그거 핑계지?"

"벼리야, 그게……."

"이해할 수 없어. 너 같은 애들 보면 좀 기분이 나빠."

나는 머쓱해져 자리에서 일어섰다. 무엇이든 열심히 하는 벼리는 나와 다른 인간이란 생각이 들었다.

자전거를 타고 꼽등이 고개에 왔을 때였다. 흙담집에서 누군가 나무에 물을 뿌리고 있었다. 물줄기가 나무 위로 올랐다가 사라지곤 했다. 치렁치렁한 가지를 늘어뜨린 느릅나무는 멀리서 보면 새침한 처녀가 머리를 늘어뜨린 것 같았다.

담을 따라 돌아가는데 담 밖으로 늘어진 복숭아 가지가 눈에 들어왔다. 잎사귀 사이에 숨은 복숭아는 붉은 기운이 감돌았다. 먹음직스러워 입안에 침이 고였다. 나무에서 직접 따 먹으면 맛이 더 특별할 것 같았다. 마침 울타리 안에 아무도 보이지 않았다. 자전거를 세우고 복숭아 나무 밑으로 다가가 가지를 휘어잡았다. 두 개째 따려 할 때였다. 울타리 너머에서 검은 옷을 입은 여자가 갑자기 모습을 드러냈다. 나는 얼른 복숭아 가지를 놓았다. 하지만 잎사귀 소리가 났고 흔들림이 몇 초간 계속됐다. 검은 옷 여자는 물이 흐르는 호스를 쥐고 있었다. 나는 전처럼 도망칠 필요는 없다고 생각했다. 여자가 당골댁이란 무당이며 외할머니의 친구임을 알았기 때문이다. 복숭아를 얼른 주머니에 넣고 인사했다.

"안녕하세요?"

"오냐!"

나는 당골댁이 복숭아 애기를 꺼내기 전에 잃어버린 닭에 관해 말하려고 했다.

"저……."

하지만 당골댁이 먼저 말을 잘라 갔다.

"너는 요새 학교 안 가냐?"

갑자기 기분이 나빠졌다. 어른들은 나를 볼 때마다 학교 애기부터 했다. 학교에 가지 않으면 이상한 아이로 보는 것이다. 당골댁에게 내 학교 문제를 털어놓고 싶지는 않았다. 당골댁의 호스에서 나온 물이 내 신발에 떨어졌다. 당골댁이 복숭아 나무를 가리키며 말했다.

"그리고 방금 여기서 뭐 땄냐?"

나는 벌써 자전거에 올라타 도망치고 있었다.

"안녕히 계세요!"

담 모퉁이를 돌아가는데 당골댁의 목소리가 들렸다.

"고얀 놈 같으니!"

욕을 먹어도 기분이 나쁘지는 않았다. 주머니에 두둑한 복숭아 한 알의 느낌이 좋았다.

건너편 산이 가깝게 보였다. 싱그러운 산 위로 물감을 풀어 놓은 듯 흰 구름이 천천히 움직였다. 흰 구름 때문에 소나무들은 더욱 싱싱하고 하늘은 푸르러 보였다. 들길을 지나자 작은 강이 나타났다. 여기저기 드러난 바닥에 하얗고 탐스런 조약돌이 눈부셨다.

다리 위로 강을 건너자 완만한 산기슭이다. 산기슭에는 콩이며 옥수수, 감자 따위가 자라는 밭이 군데군데 자리 잡고 있었다. 몇 번 오가다 보니 지금은 밭 주인이 누구인지 대충 알 정도가 됐다. 밭 귀퉁이에 잠깐 앉아서 쉬는데, 늙은 농부가 이랑에 하얀 비료를 뿌리며 다가왔다. 언젠가 외할아버지를 만나러 온 적이 있는 노인이다. 농부에게 밭에서 가꾸는 식물의 이름을 묻자, 수수라고 대답했다. 나는 다시 산 너머에 뭐가 있는지 물었다. 조금만 올라가면 휴전선이 보인다고 했다.

나는 농부가 가르쳐 준 대로 산길을 올라갔다. 조금 겁이 나긴 했지만 휴전선을 내 눈으로 보고 싶었다. 산길은 짐작했던 것보다 가파르고 멀었다. 몇 번이나 그만둘까 망설였지만 결국 산마루에 닿았다. 산 정상에 십자 기호가 그려진 대리석 표지가 서 있었다.

소나무 가지 사이로 휴전선 철조망이 보였다. 고요한 느낌에 숨이 턱 막히는 것 같았다. 철조망 너머로 펼쳐진 푸른 들판 가운데로 구불구불 냇물이 흘렀다. 바로 비무장 지대라는 곳이었다. 철조망 사이에 저런 들판이 있었다니. 어째서인지 가슴이 먹먹해지도록 적막하고 슬퍼 보였다.

나는 바위에 앉아 들판이며 냇물, 골짜기를 오래도록 지켜보았다. 눈에 익은 골짜기에 작은 점들이 움직였다. 점들은 산기슭을 타고 올라갔다. 그곳에 사는 산양이나 노루일 거라 짐작되었다. 그 위로 하얀 새 떼가 점점이 날았다. 새들은 철조망을 넘어 남쪽으로 오더니 소나무 숲으로 넘실넘실 흩어졌다.

10. 외할머니와 당골댁

외할머니가 손님과 마루에 앉아 있었다. 나는 손님의 뒷모습을 알아보고 흠칫 놀랐다. 당골댁이었다. 당골댁은 외할머니보다 대여섯 살 젊었는데 머리에 새치 하나 보이지 않았다. 나는 당골댁이 알아보기 전에 피하려고 했다.

"저 애가 형님 외손자유?"

한발 늦은 나는 어쩔 수 없이 꾸벅 인사했다.

"안녕하세요?"

"나는 안녕한데, 너는 어떤지 모르겠다. 설익은 데다 농약까지 듬뿍 친 복숭아 먹으면 약도 없는데."

“그게 무슨 말이오?”

“그럴 일이 있죠.”

나는 얼굴이 확 달아올라 자리를 피했다. 한 소년이 수돗물을 마당에 뿌리며 놀고 있었다. 소년은 이미 나를 알아본 듯 희미하게 웃었다. 자세히 보니 언젠가 운동장에서 뱀 허물을 갖고 놀던 소년이다. 다가가자 소년이 먼저 말했다.

“형네 할머니 따라서 왔어. 닭 가지고…….”

“저 분은 네 할머니야?”

“아니, 엄마야. 나는 소담이야.”

소담이가 자기를 가리키며 말했다. 웃는 눈매가 당골댁과 닮아 보였다. 그러나 나중에 알았는데 소담이는 친아들이 아니었다. 당골댁이 입양한 아이라고 했다. 암탉이 담장 아래 그늘에서 다리가 묶인 채 모이를 먹고 있었다. 숲에서 잃은 내 암탉이 분명했다.

“우리 집에 형 온 거 봤는데.”

소담이는 당집에 온 나를 보았다고 했다. 그래서 당골댁에게 말해 닭을 돌려주러 온 것이다. 닭은 처음 주막에서 보았을 때보다 말라 보였다. 애타게 찾던 닭이었지만 그다지 반갑지는 않았다. 고생한 생각이 나서 얄밉기까지

했다.

나는 방으로 들어와 컴퓨터 게임을 시작했다. 어느 순간 인기척에 돌아보니 소담이었다. 들어오라고 하지도 않았는데 방에 들어온 거였다. 나는 불쾌해서 쏘아붙였다.

"허락 없이 불쑥 들어오면 어떡해?"

소담이는 당황한 듯 후닥닥 방을 나갔다. 너무 야박하게 굴었다는 생각이 들었다. 그래서인지 이상하게 게임이 잘 되지 않았다. 다시 바깥으로 나갔을 때 소담이는 보이지 않았다.

외할머니는 아직 당골댁과 이야기하고 있었다. 간간이 웃음소리도 들렸다. 아무래도 내 얘기를 하는 것 같아 찜찜했다. 한참 뒤 당골댁이 가려고 일어서자 외할머니가 아쉬운 듯 말했다.

"당골댁, 오랜만에 오셨는데 그냥 갈 수 있는가? 옛날 생각나서 그러네만 치성이나 좀 드려 주고 가게."

당골댁은 손을 내저으며 사양했다.

"아이고! 형님, 그런 말씀 마셔요. 저는 이제 당일은 하지 않아요. 제 몸도 옛날 같지 않고요."

"우리 애가 헛것을 보는 모양이네. 좋은 수가 없겠나?"

"헛것을요?"

당골댁이 딱하다는 얼굴로 나를 돌아보았다.

"내가 괜한 말을 했네. 마음에 두지 말게."

외할머니는 마루에 있던 묵직한 보따리를 건넸다.

"여자 혼자 몸으로 애 데리고 사는 게 얼마나 힘든지 아네. 그러니 사양하지 말고……."

당골댁은 잠깐 멍한 얼굴로 외할머니를 바라보았다. 그리고 보따리를 받더니 차마 발걸음이 떨어지지 않는다는 듯 돌아서 대문을 나섰다.

그날 오후 늦게 심부름으로 두부를 사 가지고 왔을 때였다. 마당에 들어서는데 암탉이 보이지 않았다.

"닭 어디 있어요?"

"닭은 왜?"

외할머니는 애매하게 되물으며 대답하지 않았다. 잠시 후 부엌에서 도마 소리가 들리고 구수한 냄새가 풍겼다. 들여다보니, 외할머니가 솥에서 국물을 떠 맛을 보고 있었다. 솥 안에 허연 살점이 보였다. 닭은 어느새 요리가 되어 있었다.

"닭이 살 팔자라면서요?"

들었는지 못 들었는지 부엌에서 아무런 대꾸도 들려오지 않았다. 이날 외할머니는 유난히 과묵하게 굴었다. 그

꿍꿍이는 해질 무렵에 밝혀졌다.

"순민아, 방에 가 있어라. 늘어놓은 물건들 치우고, 어디 가면 안 돼!"

낮게 이르는 목소리에서 긴장이 느껴졌다. 손님이 오는 걸까? 나는 방으로 가서 인터넷 서핑을 하며 시간을 보냈다. 잠시 후 마당에서 할머니와 당골댁의 목소리가 들려왔다.

"이거 부담 드려서 미안하네."

"형님 말씀 듣고 마음에 걸려서 견딜 수가 있어야죠."

나는 당골댁이 왜 다시 온 걸까 생각했다. 잠시 후 밖에서 이상한 소리가 들리기 시작했다. 작은 방울 소리였다. 방문을 열어 보고 나는 놀라서 입을 다물지 못했다. 텔레비전에서나 볼 수 있는 장면이 우리 집 마당에서 벌어지고 있었다.

당골댁은 언제 준비해 왔는지 울긋불긋한 치마와 저고리를 입고 머리에는 깃털이 달린 모자를 쓰고 있었다. 당골댁은 제사상이 차려진 돗자리 위로 올라가 두 손을 합장하고 네 방향으로 절을 했다. 작은 방울은 당골댁이 움직일 때마다 딸랑거리는 소리를 냈다.

"비나이다. 비나이다. 열두 신령님께 비나이다. 비나이

다. 비나이다. 열두 신령님께 비나이다. 오뉴월 가뭄에 갈라진 논바닥 비로 적시듯, 멍들고 옹이 진 마음들 아물게 하시고 노여움은 거두셔서……."

나는 답답한 마음에 문을 닫았다. 동네 사람들이 본다면 정말 창피한 일이라 생각했다.

"비나이다. 비나이다. 천지신명 보우하사 호두나무 집 자자손손 재운대통, 학문대통, 운수대통 비나이다……."

마당에서 나던 소리가 장독대 쪽으로 옮겨 갔다. 뒤꼍이 잠시 조용하더니 방문이 벌컥 열렸다. 쏘아보는 당골댁의 눈길에 나는 거의 기절할 지경이었다. 책상 앞에 서서 꼼짝도 못했다. 천장에 닿은 모자의 깃털이 눈에 들어올 뿐이었다. 뒤따라 들어온 외할머니가 내 팔을 잡으며 가만 있으라고 했다.

"얼씬대는 귀신, 허깨비들, 죄다 물러가라!"

당골댁은 어두운 구석에서 무엇을 본 듯 눈을 부릅뜨고 서슬 퍼렇게 소리를 질렀다.

"어이, 물렀거라! 낫 놓고 기역 자도 모르는 잡귀야, 청학산 너머로 썩 물렀거라!"

당골댁은 방 안 구석구석 숨어 있는 귀신들에게 겁을 주는 모양이었다. 이어서 외할머니가 들고 있던 사발에서 쌀을 한 줌 집었다. 그리고 나를 향해 돌아서자마자 휙 뿌렸다. 피할 새도 없이 날아온 쌀에 목과 얼굴이 따가웠다. 나는 눈을 감고 참으며 서 있어야 했다.

기분이 이상하고 불쾌했다. 나는 밖으로 나가 자전거를 타고 내달렸다. 내 자전거는 단숨에 읍내를 지나 설마리 고개로 접어들었다. 고개를 넘어 어디로든 멀리 달아나고 싶었다. 숨 가쁜 질주는 설마리 고개 중턱에서 멈추었다. 헐거운 체인이 벗겨졌기 때문이다. 나는 풀밭 위에 자전거와 함께 누워 버렸다. 당한 일을 생각하니 어이가 없었다. 미친 듯 웃음이 터져 나왔다.

그날 밤 나는 외할머니에게 물었다.

"할머니는 그것이 효과가 있을 거라고 믿으세요?"

'그것'이란 굿을 말한 거였다. 외할머니는 한동안 뜸을 들이더니 대답했다.

"꼭 무슨 효과가 있어야만 한다니?"

"그런데 왜 했어요?"

"옛날 생각나서 해 봤다. 혹시 또 모르지. 효험이 있을지도."

외할머니는 내 얼굴을 살폈다. 무슨 낌새를 읽으려는 것 같았다.

“이젠 허깨비 같은 거 안 보인단 말예요.”

“그래? 언제부터 그랬는데?”

그게 언제부터였는지 기억을 더듬었다. 아마 학교에 나가지 않고 며칠 지나서부터였던 것 같다.

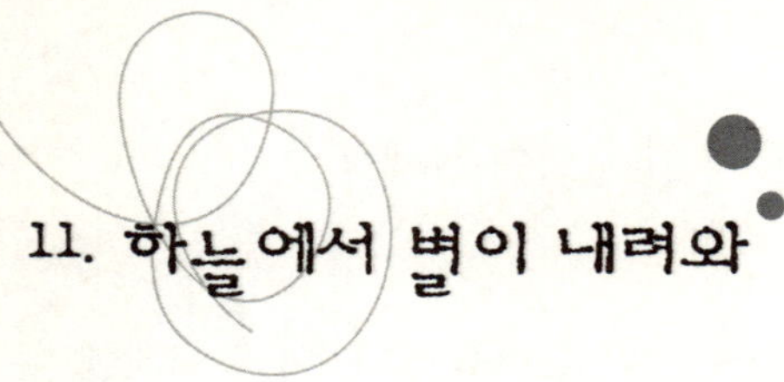

11. 하늘에서 별이 내려와

외할머니는 나를 어디든 교육 기관에 보내야 한다고 했다. 빈둥거리게 놔두면 사람이 아예 못쓰게 된다는 것이다. 나는 가지 않겠다고 버텼다. 담임까지 와서 거들자 나는 거의 미칠 지경이 되었다.

"권순민! 시간을 허비하는 건 아니겠지?"

담임은 대문으로 들어서며 대뜸 말했다.

"오해는 마라. 학교에 나와 달라고 사정하러 온 건 아니니까. 하지만 학적부에 권순민이란 이름은 계속 남을 거다. 네가 너를 거기에 버려둔 거나 마찬가지야. 네가 할아버지가 돼도 변함없이 중학생으로 남는단 말이다."

중학교는 의무 교육 과정이다. 그래서 몇 년이 걸리든 마칠 때까지 퇴학시키지 않는다고 했다.

"네 이름을 버려두지 마라."

"……."

담임은 내 등을 쓸었다.

"아무렴 어떠니. 네 스스로 선택한 건데. 너를 강제로 끌고 가지 않아서 섭섭한 건 아니겠지?"

담임이 다녀간 날 나는 학교 꿈을 꾸었다. 꿈속에서 학교는 언덕 위 소나무 아래에 창고처럼 덩그러니 서 있었다. 교실 천장이 무척 낮고 폭도 좁았다. 마치 어두운 동굴 같았다. 나는 출구를 찾았지만, 문은 단단히 닫혔고 비상구도 없었다. 창밖의 사람들은 무표정하게 바라볼 뿐이었다. 사람들을 뒤에 두고 교실이 움직였다. 기차가 된 교실이 어딘가로 덜컹거리며 달려갔다. 황무지를 헤매는 듯 힘겨운 꿈이었다. 잠에서 깨었을 때 팔을 들 힘도 나지 않았다. 땀이 흥건한 이마를 닦아 주며 외할머니가 말했다.

"템플 스테이라고 있대. 거기 갔다 오면 출석으로 인정해 준다더라."

외할머니를 따라 여래사에 갔다. 2주일 동안 템플 스테이에 참가하기 위해서다. 폭포 근처에 있는 여래사는 설마리에서 멀지 않았다. 외할머니는 전부터 여래사 스님과 아는 사이였다.

가는 비가 오락가락 내리는 날이었다. 군데군데 이끼가 앉은 기와지붕 위로 안개가 스쳐 갔다. 내 마음까지 축축해지는 느낌이었다. 템플 스테이 참가자들은 넓은 온돌방에 앉아 차를 마시며 도란도란 이야기를 나눴다. 어른 아홉 명에, 중학생인 나까지 모두 열 명이었다. 어른 중에는 뚱뚱한 백인 여자도 있었다. 나중에 알고 보니 이름은 메이첼리나였고 영어 학원 강사였다. 누구에게나 말을 잘 걸고 익살도 잘 떨어 인기가 많았다. 나는 활달한 메이첼리나가 마음에 들었다.

매일 새벽 네 시에 일어나 달빛을 받으며 법당에 올라가야 했다. 예불이란 걸 드리기 위해서다. 깊은 잠에서 헤어나기가 끔찍하게 힘들었다. 식사할 때도 마음의 준비가 필요했다. 절이니 채식만 하는 것은 당연했다. 김치와 나물 반찬이 조금씩 바뀌긴 했으나 깍두기는 빠지지 않았다. 마지막까지 깍두기 하나는 남겨 두어야 했다. 다 먹은 그릇에 숭늉을 부어 마실 때 깍두기로 그릇을 닦아 내야 했기 때문이다. 식사가 끝나면 잠시 쉬고 나서 참선을 했다. 참선 뒤에는 스님과 차를 마시며 대화를 했다. 스님은 날마다 한두 가지씩 가르침을 주었다.

"들숨과 날숨에 집중해야 합니다. 숨에 집중하면 마음이 편안해집니다."

참선에 대한 스님의 가르침에 한 참가자가 물었다.

"참선할 때는 어떤 생각을 해야 합니까?"

"생각이 흘러가는 대로 놔두세요. 다만 내가 무슨 생각을 하고 있구나, 관찰하는 정신을 놓치면 안 됩니다."

스님의 이런 가르침이 내게는 소용없었다. 참선을 시작하면 아무런 생각도 나지 않았다. 눈을 감으면 내 안에 잿빛 어둠이 보일 뿐이었다. 어둠을 머금은 항아리처럼 거기 내가 놓여 있었다. 나는 참선하는 사이 깜박 잠들곤 했다. 심지어 백팔 배를 할 때 엎드린 사이에 잠들기도 했다. 예불을 드리다가 눈치를 봐서 슬그머니 빠져나오는 요령도 터득했다.

저녁 무렵, 나는 조용히 몸을 움직여 참선방을 빠져나왔다. 마루에 앉아 어두운 숲을 바라보았다. 산속의 밤은 빨리 왔고 깜깜했다. 이때 메이첼리나가 머리를 만지며 장난을 걸어왔다. 메이첼리나는 학원 강사를 해 봐서 그런지 한국 학생들과 친해지는 방법을 잘 아는 것 같았다.

내 옆에 나란히 앉더니, 학교생활에 무슨 문제가 있는지 물었다. 나는 더듬더듬 영어 문장을 만들어 냈다.

"아이 해브 노 마인드 인 스쿨(I have no mind in school.)."

학교에 내 마음이 없다는 말을 하고 싶었다. 메이첼리나가 알아듣고 어깨를 으쓱하며 말했다.

"슈어. 유 캔 낫 해브 유어 마인드 인 어 스쿨. 유 캔 해브 어 스쿨 인 유어 마인드(Sure. You can not have your mind in a school. You can have a school in your mind.)."

마음이란 물건처럼 학교에 빼놓고 다닐 수 없다는 말이었다. 재치 있는 말장난으로 들렸다. 하지만 메이첼리나의 얼굴은 진지했고 장난이 아닌 것으로 보였다. 나는 그녀가 말한 의도를 몰라 그저 가만히 있었다. 그 뒤로 나는 왠지 메이첼리나와의 대화가 부담스러워져, 마주치지 않으려 슬슬 피해 다녔다.

저녁이 되면 마루에 앉아 어둠이 내리는 풍경을 지켜보았다. 어둠 속에서 누군가 이쪽을 보고 있다고 느끼곤 했다. 방으로 들어와 누우면 코 고는 소리가 따갑게 들려왔다. 나는 귀에 이어폰을 꽂고 잠을 청했다.

사흘 동안의 묵언 수행이 시작되었다. 묵언 수행 기간

에는 말소리를 내지 않아야 한다. 옛날 달마선사라는 스님이 묵언 수행을 하는데 사람들이 찾아와 가르침을 달라고 졸랐다. 하지만 달마선사는 9년 동안이나 입을 열지 않았다. 그러자 배움을 갈망하는 한 청년이 자신의 팔을 잘라 보였다. 달마선사는 청년의 간절한 마음에 놀라 입을 열었다. 나는 달마선사가 왜 그토록 입을 다물려 했는지 이해하려고 노력했다.

템플 스테이 참가자들이 입을 다물자 절간이 고요해졌다. 목탁 소리, 풍경 소리, 새소리만 더욱 분명하게 들렸다. 너무 심심해 견디기 어려울 정도였다.

귀가 간지러워 돌아보니 메이첼리나였다. 강아지풀로 귀를 건드리고는 시치미 떼고 있었다. 수다스러운 그녀는 말이 없어진 절간이 무료한 모양이었다. 웃을 때마다 콧잔등에 점 두 개도 따라 웃었다. 별 뜻 없는 웃음이었지만 친근하게 여겨졌다. 영어로 말할 필요가 없었기 때문에, 나는 부담 없이 함께 산책을 했다.

다음 날 나는 새로운 장소를 발견했다. 담장 너머에 새로 지은 암자가 자리 잡고 있었다. 나는 작은 쪽문을 지나 암자가 있는 마당으로 들어갔다. 암자 앞 작은 연못에 연꽃이 피어 있었다. 연꽃 사이로 헤엄치는 잉어를 구경하는데 젊은 스님이 암자에서 나왔다. 스님은 실핏줄이 비칠 듯 해맑은 얼굴이었다.

"어! 형이네. 형, 절에 묵으러 왔어?"

스님 뒤에서 까까머리 아이가 손가락으로 나를 가리키며 뛰어왔다. 뜻밖에 소담이었다.

"너 어떻게 여기 있니?"

나는 어느새 묵언 수행 따위는 까맣게 잊었다. 소담이는 부끄러운 듯 자신의 까까머리를 만지며 씨익 웃었다.

"나 여기서 공부하는데."

소담이는 이곳에서 보름째 머무는 중이라고 했다.

"스님, 나 이 형하고 놀아도 돼요?"

옆에 계신 스님이 소담이 선생님이었다. 스님이 웃으며 허락해 주었다. 나는 소담이에게 동자승이 되면 앞으로 중으로 살아야 하는 것인가 물었다. 소담이는 석 달 있다가 내려갈 거라고 했다. 소담이는 내 손을 잡아끌었다.

"형, 재미있는 놀이하자."

우리는 암자 뒷산에 올라갔다. 소담이는 알록달록한 새알이 있는 둥지를 보여 주었다. 소담이는 도라지 뿌리를 캐더니 껍질을 대충 벗겨 통째로 씹어 먹었다. 나도 따라 했지만 너무 써서 모조리 뱉어 낼 수밖에 없었다. 소나무

잎이 양탄자처럼 푹신하게 쌓인 비탈에 개미들이 바글거렸다. 불그스름한 개미들은 나무 밑동에서 덩어리를 이루고 있었다. 소담이는 불개미라며 무서워했다. 소담이가 말렸지만 나는 막대기로 굴을 헤집어 놓았다. 불개미들이 무얼 하느라 뭉쳐 있는지 궁금했기 때문이다. 불개미들은 공격하려는 듯 막대기를 타고 마구 올라왔다. 발 주위에도 온통 불개미들 천지여서 발등 위로 기어 올라왔다. 우리는 비명을 지르며 도망쳤다. 그리고 안전한 언덕에 퍼질러 앉아서 깔깔대며 웃었다. 이렇게 놀다 보니 하루가 훌쩍 저물어 있었다.

다음 날 또 소담이에게 가려는데 외할머니가 물었다.

"순민아, 할미 없어도 잘 지낼 수 있지?"

외할머니는 내가 절에 잘 적응하는 것을 보니 마음이 놓인다고 했다. 이제는 집에 돌아가서 외할아버지에게 식사를 차려 주고 가축도 돌봐야 한다고 했다. 외할머니가 마당으로 내려서며 말했다.

"너도 나서라. 할미랑 가 볼 데가 있다."

"어디요?"

"니 에미 있는 데 가 보자."

외할머니를 따라 산등성이를 넘어가자 황톳길이 나왔

다. 황톳길 왼쪽으로 무덤들이 보였다. 내 어머니의 무덤을 찾아가는 길이었다. 전에 몇 번 와 봤는데도 처음인 듯 낯설기만 했다.

외할머니는 황톳길에서 벗어나 허리까지 자란 풀숲을 헤치며 들어갔다. 오랫동안 돌보는 이 없어 거칠어진 공동묘지였다. 흙이 벌겋게 드러난 무덤에 해골이 보일까 겁이 났다. 나는 풀숲으로 들어가지 못하고 머뭇거렸고, 외할머니는 무덤들 사이로 들어서며 어서 따라오란 듯이 돌아봤다. 풀밭에서 메뚜기들이 뛸 때마다 나는 깜짝깜짝 놀랐다. 풀숲에서 뱀이 나올까 봐 오금이 저렸다. 겨우 어느 무덤 곁에 이르자 외할머니가 말했다.

"에미야! 니 새끼 왔다. 니 새끼 보고 싶어서 어떻게 참았다니?"

외할머니는 눈물이 글썽해져서 무덤으로 다가갔다. 다른 무덤들과 마찬가지로 허름했다. 무덤 위에는 잔디가 아닌 잡초도 많이 자랐다. 외할머니는 주섬주섬 잡초를 뽑았다. 나는 작은 비석에 새겨진 엄마의 이름을 보았다.

박영순 여사의 묘

가슴이 턱 막히는 것 같았다. 외할머니는 한숨을 쉬고

비석을 한번 쓰다듬었다.

"눈에 넣어도 아프지 않을 지 새끼 놔 두고 젊은 것이 뭐가 급해서 그리 빨리 갔다니?"

외할머니는 중얼거리다가 눈물을 훔쳤다. 나는 차마 볼 수 없어 주위를 둘러보았다. 앞으로 흐르는 개울과 나지막한 언덕이 눈에 익었다. 그리고 밑으로 펼쳐진 산비탈 밭과 계단식 논들도 친근하게 느껴졌다. 아래 개울에서 가재를 잡았던 어릴 적 기억들이 새록새록 떠올랐다.

엄마는 동생을 낳으려다 유산한 뒤로, 병을 앓으며 누워 지내는 시간이 많았다. 그러다가 어느 날 병원에서 돌아가셨다. 병원 영안실은 친척들이 모여서 분주했다. 어린 나는 친척 아이들과 노는 것이 즐거웠다. 꽃바구니에서 국화를 뽑아 창던지기를 하고 숨바꼭질을 하며 깔깔거렸다. 이때 아버지의 무서운 얼굴이 앞을 막아섰다.

"네 이놈! 엄마가 돌아가셨는데 마냥 웃고 놀 거냐?"

아버지의 매서운 손바닥이 등을 호되게 갈겼다. 아파서 눈물이 나왔다. 친척 아이들 앞에서 창피를 당한 것이 분했다. 그래서 더욱 악을 쓰고 울었다. 아버지에게 손목을 잡혀 엄마의 사진 앞으로 갔다. 엄마의 눈길이 슬퍼 보였다. 엄마가 안 계신 것을 깨닫는 순간 다시 눈물이 터져 나왔다.

누군가에게 손목을 잡혀 가파른 언덕을 올라갔다. 소나무가 우거진 숲길을 지나자 기와지붕에 이끼 낀 절이 나타났다. 외할머니와 사람들은 절에서 제사를 지냈다. 죽은 이의 영혼이 좋은 곳에서 다시 태어나기를 비는 제사였다.

그날 엄마는 이곳 언덕에 묻혔다. 나는 더디게 진행되는 장례가 지겨웠다. 같이 놀아 줄 아이도 없었다. 엄마가 땅에 묻히는 동안 개울에 내려가 가재를 잡았다. 놀다가 돌아보니 황토 무덤이 하나 생겨나 있었다. 사람들은 그 위에 듬성듬성 잔디를 심었다.

다른 엄마들이 아이의 손을 잡고 학교에 갈 때 엄마는 이곳에 누워 있었다. 성탄절에 다른 엄마들이 아이와 함께 선물을 고를 동안 엄마는 눈을 맞으며 여기에 누워 있었다. 몹시 서럽고 억울한 마음, 원망하는 마음이 들었다. 나는 외할머니가 시키는 대로 절을 두 번 했다.

외할머니는 산을 내려가며 말했다.

"사람들이 좋아. 지갑을 방에 두고 나와도 괜찮은 사람들이야. 너도 맘에 들지?"

"네."

나는 건성으로 대답했다. 외할머니는 내 얼굴에 흐른 땀을 닦아 주며 말했다.

"끝나는 날 데리러 오마."

외할머니는 황톳길을 걸어 산모퉁이로 사라졌다. 나는 다시 여래사 숙소로 돌아갔다. 외할머니의 빈자리가 느껴져 쓸쓸했다.

다음 날 아침 나는 일찍부터 소담이를 찾아 암자에 갔다. 소담이는 보이지 않았다. 암자 방문을 열어 볼까 했지만 댓돌에 신발이 안 보여 그만두었다.

나는 잠시 멍하니 있다가 여래사 뒷산에 올라갔다. 얼룩점배기 알이 있는 새 둥지는 그대로였다. 불개미들도 전처럼 덩어리를 이루어 들끓고 있었다. 그러나 소담이와 함께 왔을 때처럼 즐겁지 않았다. 오히려 그때 생각이 나서 쓸쓸하기만 했다.

나는 다시 엄마의 묘지에 가 보고 싶었다. 공동묘지 입구에 이르자 머리카락이 쭈뼛 일어섰다. 무릎까지 자란 풀숲 사이에 뱀이 있을까 무서웠다. 혼자서 엄마 곁으로 갈 용기는 나지 않았다.

공동묘지를 우회하는 길을 따라 천천히 내려가자 시냇물이 나왔다. 시냇물은 산 아래 방죽으로 흘러들었다. 어릴 때처럼 가재를 잡아 볼까 하다가 그만두고 방죽으로 내려가 둑 위를 걸었다. 방죽에는 왜가리 한 마리가 서 있었다. 날아가게 하고 싶지 않았다. 그래서 거리를 두고 우두커니 서서 움직이지 않았다. 왜가리의 다리는 가늘고 길었다. 왜가리는 가끔 고개만 갸웃거릴 뿐 꼼짝도 않고 서 있었다. 산들바람이 불어와 왜가리의 목에 검은 깃털을 날렸다. 순간 왜가리는 긴 날갯죽지를 펴고 기지개를 켜는가 싶더니 사뿐 날아올랐다. 그리고 냇물 수면에 자신의 그림자를 비추며 날아가 버렸다.

갑자기 알 수 없는 슬픔이 봇물처럼 터져 나왔다. 내 삶이 무의미하게 느껴졌다. 내가 왜 세상에 태어났는지 원망스러웠다. 엄마는 왜 일찍 죽고 나는 서럽게 살아야 하는지 알 수 없었다.

서울 아파트의 옆집 누나가 생각났다. 그 누나를 생각할 때마다 나는 슬픔과 두려움에 사로잡히곤 했다. 얼굴만 알 뿐 이름도 몰랐다. 등교 시간에 가끔 엘리베이터에서 만나면 내가 귀엽다며 말을 걸어 주는 정도였다.

어느 날 놀이터 옆에서 동네 아주머니들이 하는 얘기를 들었다. 며칠 전 그 누나가 창문에서 뛰어내렸다는 것이다. 창문 아래에는 아무 흔적도 없었다. 아파트에 대한 나

쁜 소문이 날까 두려워 얼른 흔적을 지워 버렸기 때문이
었다. 11층에서 화단까지는 내다보기만 해도 어지러웠
다. 무서운 일이었고 이해할 수 없었다. 어떻게 자기 몸을
내던지는 짓을 할 수 있는지. 그런데 이제는 그 누나의 마
음을 이해할 수 있을 것 같다. 아무것도 보이지 않는 동굴
에서 절규하던 그 마음이었을 것이다.

언덕 위에서 엄마가 나를 굽어보고 있었다. 나와 엄마
뿐이었다. 해가 서쪽으로 기울어 산그늘이 묘지 위로 드
리웠다. 산그늘은 눈에 띄게 넓어지고 짙어졌다. 잠시 후
계곡과 언덕 모두가 어둠에 잠길 터였다. 더 깜깜해지기
전에 엄마에게 가야만 했다. 내 가슴에 뜨거운 무언가가
견딜 수 없게 차올랐다.

나는 미친 듯이 언덕을 뛰어 올라갔다. 풀숲에는 길이
전혀 나 있지 않았다. 가시덤불에 옷이 걸리기도 했다. 풀
밭에 숨어 있는 뱀 따위는 전혀 문제가 되지 않았다. 무덤
의 귀신들이 모두 일어나 앞을 막는다 해도 걷어차고 달
려갈 기세였다. 그 순간 무서운 것은 없었다.

나는 엄마의 무덤 앞에 이르러 무릎을 꿇었다. 오랫동
안 그러고 있었다. 한 줄기 빛도 없는 땅속의 어둠. 그 안
에 내 엄마가 누워 있다. 엄마 꿈을 꾸려고 사진을 품고

잠들었던 옛날 일이 생각났다. 엄마는 한 번도 꿈에 나타나 주지 않았다. 나는 무덤 옆에 벌렁 누워 버렸다. 여기에서 자면 분명 엄마가 나타나 줄 것 같았다.

'나를 데려가 줘. 엄마!'

하늘에 초승달이 떠 있었다. 주위에는 초저녁 별이 나에게 무슨 신호라도 보내는 양 깜박거렸다. 나는 하늘과 땅 사이에 엄마랑 나란히 누워 있었다. 그렇게 있으니 몹시 편안했다. 시간이 얼마나 흘렀을까.

"얘야! 일어나라!"

손전등 불빛에 눈이 부셨다. 어둠 속에 스님과 소담이가 희미하게 보였다. 스님은 이마의 땀을 닦으며 말했다.

"절에서 너를 찾느라 난리가 났다. 여긴 위험해. 왜 여기서 혼자 있는 거냐?"

절로 눈물이 흘러나왔다. 스님이 놀라 말했다.

"이런, 이런! 힘든 일이 있었구나."

스님은 수건으로 눈물을 닦아 주었다. 소담이가 내게 물병을 내밀었다. 물이 달게 느껴져 계속 마시고 싶었다. 하지만 다 마시기 미안해 남겨서 돌려주었다.

"형이 다 마셔."

소담이가 물병을 밀어 냈다. 나는 물병을 기울여 마지

막 방울까지 마셨다. 스님이 지켜보다가 말했다.

"소담이가 이 길로 가 보자고 해서 왔더니 정말 여기 있었구나. 소담이 아니었으면 큰일 날 뻔했다. 산은 밤이 되면 추워져서 사람들이 얼어 죽기도 한다. 산짐승이 나오기도 하고."

나는 조금도 춥지 않았다. 스님은 내 옷에 묻은 잔디 부스러기를 털어 주었다.

"무슨 얘기든 다 좋다. 왜 여기서 잔 거니?"

내가 여기서 잠든 이유가 못내 궁금한 모양이었다.

"여기 엄마가……."

스님은 비석으로 가서 전등을 비춰 보더니 깊은 한숨을 내쉬었다. 스님이 더 묻지 않아서 고마웠다.

"그만 내려가자."

스님을 따라 어두운 산길을 내려갔다. 눈물을 가려 주는 어둠이 고마웠다.

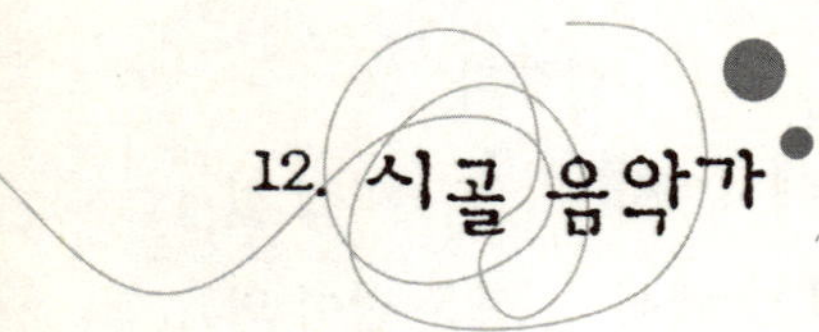

길에서 마주친 벼리는 평소답지 않게 자꾸 내 눈치를
살폈다.

"너 어디 아픈 거냐? 왜 절에 다녀왔어?"

벼리는 내가 전과 달라 보이는 모양이었다. 사실 보름
정도 가까운 산에 다녀왔을 뿐인데, 무척 먼 곳에 있다 온
느낌이었다. 산에서 했던 경험 때문일까? 나 홀로 외롭지
만 우뚝 선 느낌이 들었다. 마음이 묵직해진 듯 쉽게 흔들
리지도 않았다. 어딘가 높은 다락에서 바람을 맞으며 앉
아 있는 기분이 들기도 했다. 이런 느낌을 벼리에게 말할

까 하다가 그만두었다. 벼리가 이해할 리 없다고 생각했
기 때문이다.

나는 소를 몰고 나가 산비탈이나 들에서 풀을 뜯게 했
다. 외할아버지는 그럴 필요가 없다고 말했지만 나는 듣
지 않았다. 외할아버지의 소는 코뚜레가 있어 어린아이라
도 데리고 다닐 수 있었다. 덩치가 큰 소를 몰고 나가는
일은 조심스럽고 흥분되었다. 소를 배불리 먹여 돌아올
때는 흐뭇하고 즐거웠다.

마찬가지로 소를 몰고 나온 벼리와 마주치는 일도 있었
다. 나는 아무 말 없이 풀을 뜯어 벼리네 소의 입에 대 주
었다. 굵은 이빨로 풀 씹는 소리가 경쾌했다. 그럴수록 벼
리는 궁금증이 느는지 애타는 표정이 되었다.

소를 몰고 둑길을 지나는데 기타 소리가 들려왔다. 나
는 걸음을 멈추었다. 건너편 언덕의 소나무 숲에서 누군
가 기타를 연주하고 있었다. 조용한 시골이라 기타 소리
는 선명하고 요염하게 들렸다. 음악의 주인이 누구인지
몹시 궁금했다. 그 궁금증은 곧 풀렸다.

저녁 무렵 어떤 청년이 기타를 칠 때마다 조무래기들이
몰려들곤 했다. 나는 그 청년에게 관심을 갖기 시작했다.

몇 번 들어 보니 멋을 잔뜩 부리고 음은 자주 틀리는 것 같았다. 처음 생각했던 것처럼 대단한 연주는 아니었다. 그런데도 나는 기타 소리가 들려오면 걸음을 멈추어 듣곤 했다.

나는 시골 음악가의 별명이 여치라는 걸 알게 됐다. 학생들이 그렇게 부르기 시작해서 이제 모두가 이름 대신 '여치'라고 하는 것 같았다. 노래와 연주를 잘해서 여치가 아니었다. 문구점에 온 아이들이 마음에 안 드는 행동을 하면 "치익" 하고 여치 소리를 내기 때문이다. 여치는 문구점 주인이었다.

나는 문구점 구석 낡은 등나무 의자에 앉아 빌린 만화책을 읽곤 했다. 여치가 싫어하는 행동, 이를 테면 사지 않을 물건을 만지작거리는 짓 따위는 하지 않았다. 만화를 읽는 동안 여치가 기타 연주를 들려주면 무척 운이 좋은 날이었다. 나는 황홀한 기분으로 기타 소리를 들으며 예술가의 삶을 꿈꾸곤 했다.

어느 날 여치는 술을 마셨는지 기분이 좋아 보였다. 문구점에는 나와 여치뿐이었다. 여치는 장난스럽게 웃으며 담배를 피워 봤냐고 물었다. 여치는 의자 등받이에 걸친 손에 불을 붙인 담배를 들고 있었다.

“피워 볼래?”

술을 많이 마셨는지, 여치의 숨결에서 술 냄새가 났고 눈시울은 발그레했다. 나는 고개를 저었다. 여치는 내 얼굴에 담배 연기를 내뿜었다. 매운 연기에 기침이 나왔다. 여치는 재미있는지 키득거렸다. 이때 가게 문이 열리고 한 여자가 들어왔다.

“뭐 하는 짓이야?”

여치는 담배를 비벼 끄고 민망한지 멋쩍게 웃었다. 여치는 그녀 앞에서 얌전하게 행동했다. 잘 보이려는 것 같았다. 잠시 후 여치와 여자는 문구점 문을 닫고 외출했다. 여치는 늘 여자들에게 인기가 많았다. 여치가 차를 운전해서 어딘가로 가거나 돌아올 때 옆자리에는 종종 젊은 여자들이 타고 있었다.

어느 날 논두렁을 따라 걷는데 멋진 멜로디가 떠올랐다. 나는 그 멜로디를 반복해서 노래했다. 가슴이 벅차오르는 멋진 노래였다. 히트할 노래가 분명했다. 잊기 전에 어서 악보로 옮기고 싶었다. 그러자면 여치의 도움이 필요했다.

하지만 남의 집을 방문하기에 적당한 시간은 아니었다. 아마 다들 저녁을 먹거나 식사 후 느긋하게 누워서 텔레비전을 보고 있을 터였다. 그러나 오늘을 넘기면 이 멜로디를 붙잡지 못할 것 같았다. 고민 끝에 나는 실례를 무릅쓰고 여치를 만나러 가기로 했다.

문구점에 불이 환했지만 여치는 보이지 않았다. 나는 등나무 의자에 앉아 만화책을 읽으며 주인이 돌아오기를 기다렸다. 10분 정도 지났을까. 가게 뒤쪽에서 누군가의 말소리가 들려왔다. 여치의 소리인지는 분명치 않았다. 속삭이는 듯한 소리는 나의 호기심을 자극했다.

나는 무심코 문구점 뒤쪽으로 나가는 쪽문을 열었다. 문구점에 손님이 오면 급히 나오기 위해 달아 놓은 작은 문이다. 가끔 여치의 심부름을 해 주며 이 문을 사용했다. 쪽문을 열자, 안에서 여치가 소리쳤다.

"누구야?"

문을 열기 전 좀 더 신중했어야 했다. 어두컴컴한 방 안에 여치가 벌거숭이로 어떤 여자와 함께 소파에 앉아 있었다. 여자는 황급히 옷으로 몸을 가렸다. 멀뚱히 서 있는 나에게 여치가 버럭 소리를 질렀다.

"너 왜 왔어?"

나는 얼른 쪽문부터 닫았다. 그리고 도망치듯 문구점을 달려 나왔다.

그 후로 나는 여치네 문구점에 가지 않았다. 이제 아무렇지도 않게 여치를 만날 수 없었다. 신간 만화나 문구를 살 일이 있으면 멀리 읍내까지 다녀왔다. 이제는 여치의 음악이 달콤하게 들리지 않았다.

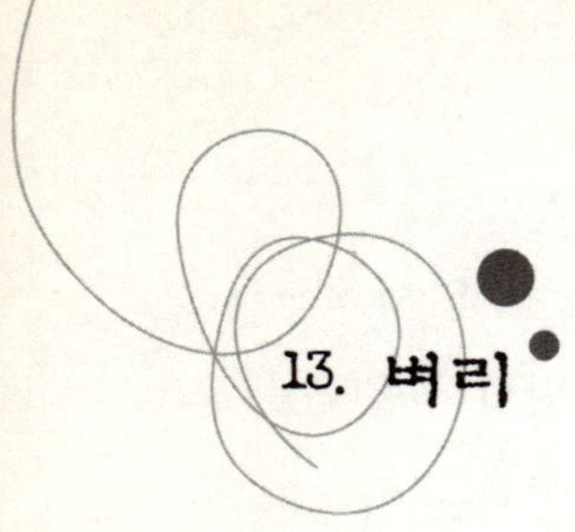

13. 벼리

어차피 며칠 뒤면 여름방학이었다. 템플 스테이에 다녀온 후에도 나는 학교에 가지 않았다. 산자락에 서린 뿌연 안개가 서서히 걷히는 아침, 누가 불러서 나가 보니 벼리였다. 방학 동안 해야 할 과제물과 가정통신문을 전하러 왔다고 했다.

"애들이 네 얘기 많이 해."

벼리의 말이 인사치레로 들렸다.

"나야 잘 지내지 뭐."

벼리는 말없이 담장 아래 화단의 꽃들과 외양간의 소를

둘러보았다. 벼리는 자기네 소보다 우리 소가 잘생겼다고
칭찬했다. 벼리가 그만 돌아가려고 해서 나는 배웅을 나
갔다. 나는 벼리와 나란히 마을 길을 걸어갔다.

"너 대신 나간 웅변대회 정말 불편했어."

"웅변 안 하길 잘했지 뭐."

"그래도 어렵게 연습했는데…… 아깝지 않아?"

"아니. 나 같은 애가 웅변은 무슨……."

우리는 한동안 말없이 걸었다.

"묵언 수행이라고 알아?"

"그게 뭔데?"

"절에서 하는 건데, 말을 안 하는 거야. 어떤 스님은 몇
년씩이나 말을 안 했대."

"웅변하고 반대네. 그럼 너도 묵언 수행해 봤어?"

내가 고개를 끄덕이자 벼리의 눈이 놀라움으로 커졌다.

"답답해서 어떻게 사냐?"

"답답해서 입이 근질거렸어. 그런데 영어를 몰라도 외
국인하고 쉽게 친해질 수 있더라."

"그래? 재미있겠다. 호호."

벼리는 처음으로 명랑하게 웃었다. 웃으면서 다리 난간
에 쌓인 흙을 발끝으로 툭툭 찼다. 그리고 냇물에 돌을 하

나 집어 던졌다. 냇물 속의 피라미들이 놀라 흩어졌다.

"스님이 그랬어. 말은 많이 할수록 오해가 늘어나는 거래. 특히 나 같은 사람은 더욱 그런 것 같아."

벼리는 비로소 더 깊은 속내를 알게 됐다는 듯 고개를 크게 끄덕였다.

"사실 처음에 네가 우리를 촌놈이라고 깔보는 줄 알았어. 말을 걸면 들은 척도 안 하고, 우리하고 잘 안 어울렸잖아. 그렇다고 애들이 너한테 복수하려고 했던 건 아니야. 걔네들 알고 보면 좋은 애들이야."

나는 벼리와 이야기를 나누며 기분이 좋아졌다. 수학 문제가 잘 풀릴 때의 느낌, 일이 잘될 거라는 희망적인 기운이 내 안에 넘쳤다. 그 기운으로 나는 템플 스테이를 하는 동안 있었던 많은 일들을 이야기했다. 특히 누구에게도 말하지 못할 것 같았던 내 아버지와 엄마 이야기도 털어놓았다.

우리는 작은 냇물이 흐르는 둑길에 올라섰다. 산들바람에 푸른 벼가 물결치는 가운데 우리 둘뿐이었다. 우리는 통나무 다리에 다리를 내려뜨리고 앉았다. 아래로 흐르는 냇물 소리가 경쾌했다.

"솔직히 말해 줘서 고마워. 나도 너한테 말하고 싶은 게 있어."

벼리의 얼굴이 약간 창백해 보였다. 어색한 침묵이 흘렀다. 다리 아래 냇물에 피라미들이 무언가에 놀란 듯 이리저리 몰려다녔다. 그때마다 은색 비늘이 무수하게 반짝거렸다.

"나도 어려서부터 엄마 없이 자랐어. 우리 엄마는 아빠랑…… 이혼했어."

나는 벼리의 말에 놀라지 않을 수 없었다. 벼리는 늘 명랑하고 공부도 잘해서, 그럴 거라는 생각은 전혀 못했다.

"아빠는 내가 기죽지 않게 하려고 신경 쓰셨어. 학교에도 자주 오시고, 반장 선거에도 꼭 나가게 했고 친구들도 집으로 초대하게 하셨어. 너는 내가 나서기만 하는 여자애라고 생각했겠지?"

술주정뱅이로만 알았던 벼리 아버지에게 그런 자상한 면이 있다니 놀라웠다. 나는 벼리 아빠가 대낮에 벌건 얼굴로 읍내를 돌아다니는 모습만 봤다.

어색한 분위기를 깨려는 듯 왜가리 한 마리가 날아와 사뿐 내려섰다. 왜가리는 혼자였다. 엄마의 묘지 옆에서 보았던 왜가리일지도 모른다는 생각이 들었다. 왜가리는 성큼성큼 물가로 걸어가 긴 부리로 무언가를 잡아 올렸다. 부지런히 다리를 놀리며 먹이를 삼킬 때마다 목을 꿈틀거렸다.

"올챙이개구리를 먹는 거야."

"올챙이개구리?"

"응. 올챙이도 아니고 개구리도 아닌 중간 단계."

벼리가 바로 알아듣고 말했다.

"아! 사춘기개구리. 우리 동네 애들은 저걸 사춘기개구리라고 해."

사춘기개구리란 말이 마음에 들었다. 사춘기란 참 가여운 거라는 생각이 들었다. 변성기라 목소리도 잘 나오지 않는 나도 참 가여운 시기를 지나고 있는 것 같았다. 왜가리는 긴 다리로 풀숲을 헤치고 다니며 개구리들을 잡아먹었다. 돌멩이를 하나 집어서 던졌다. 돌멩이가 물에 떨어지자 왜가리는 놀란 듯 움직임을 멈추었다. 벼리가 왜 그러냐는 듯 나를 쳐다보았다.

"사춘기개구리가 불쌍해."

다시 돌멩이를 던지자, 왜가리는 날아가 버렸다. 잠시 침묵이 흐르고 벼리가 먼저 말했다.

"나 요새 엄마 되게 보고 싶다."

벼리가 엄마를 잃은 사정은 나와 달랐다. 벼리 할머니

는 집을 나간 며느리를 미워했다. 할머니는 며느리의 사진을 모두 치워 버렸다. 벼리의 돌 사진에서도 엄마는 오려졌다. 집 안에서 며느리의 기억을 모두 지워 버리고 싶어 했다. 손녀를 낳아 주었지만, 헤어지니 원수나 마찬가지였다. 벼리는 엄마가 사라진 사진첩을 볼 때마다 화나고 슬펐다고 했다. 어른들의 감정은 도무지 이해할 수 없었다.

어느 날 벼리는 낡은 수첩에서 증명사진 하나를 찾아냈다. 서른 살 무렵 엄마의 얼굴이었다. 벼리는 사진을 숨겨 두고 몰래 꺼내 보곤 했다. 그때부터 엄마에게 편지를 쓰기 시작했다. 하지만 언제부턴가 편지가 되돌아왔다. 엄마가 다른 곳으로 이사해서 재혼할 거라는 어른들 얘기를 얼핏 듣기도 했다. 벼리의 눈에 눈물이 고여 반짝였다. 나는 벼리 엄마의 사진을 돌려주며 말했다.

"나는 죽어 버릴까 생각했어. 엄마 만나려고."

"엄마 만나려고 죽다니, 그게 무슨 말이니?"

"우리 엄마는 살아 계시지 않으니까. 너는 버스만 타면 만날 수 있는데 뭘 망설여?"

벼리는 잠시 생각에 잠겼다. 보라색 실잠자리 두 마리가 냇물 위에 모습을 비추며 날아갔다.

벼리를 만나고 며칠이 지났다. 전화벨이 울렸지만 나는 받지 않았다. 전화벨은 단념했는가 싶더니 다시 울렸다. 집에 있는 줄 아니, 어서 받으라는 투였다. 나는 하는 수 없이 전화를 받았다.

"순민아, 우리 집에 와서 점심 먹어."

벼리가 대뜸 자신의 집으로 초대했다.

"왜?"

"내 생일이야. 다른 애들도 몇 명 불렀어. 애들이 너 보고 싶대."

"그래? 아, 알았어."

생일 파티는 우랑이네 집에 가 본 이후 처음이다. 벼리에게 멋진 생일 선물을 주어야겠다고 생각했다. 외할머니에게 받은 용돈으로 예쁜 수첩을 샀다. 벼리네 집에 가 보니 일곱 명의 아이들이 와 있었다. 남자아이 둘에 여자아이는 벼리까지 다섯이다. 오랜만에 보니 아이들이 반가웠다. 아이들도 단 몇 초간이나마 내가 어떻게 지냈는지 궁금해했다.

우랑이는 기분이 안 좋은지 구석에 앉아 거의 말하지 않았다. 못 본 새 키가 부쩍 커진 듯했지만 얼굴은 해쓱해 보였다. 나는 여전히 우랑이가 신경 쓰여 얌전하게 있으려고 했다. 하지만 일이 잘 안되려는지 말썽이 생기고 말았다. 화장실에 다녀왔을 때였다. 우랑이가 방문 앞에서 신발을 찾다가 나를 노려보았다.

"야! 너, 내 신발 구겨 신었어?"

나는 아차 싶어 얼른 신발을 벗어 주었다. 방문 앞에 신발이 너무 많아서 아무 신발이나 꿰고 다녀온다는 것이 하필 우랑이 운동화였던 것이다. 신발 뒤가 구겨졌기 때문에 우랑이는 더욱 화를 냈다.

"너 죽고 싶으냐? 눈에 뵈는 게 없어?"

"미안해."

우랑이는 화를 삭이지 못하고 나를 노려보며 나갔다.

"겨우 신발 가지고……."

"뭐야?"

우랑이가 돌아서며 쏘아보았다. 나는 입을 다물고 더욱 조심할 수밖에 없었다. 방에서 노는 게 지겨워지자 아이들은 밖으로 몰려나갔다. 몇 명은 학원에 가야 한다며 빠져나갔다. 한 여자아이가 제안했다.

"얘들아, 오랜만에 땅재먹기 할래?"

여자아이들은 재미있겠다며 좋아했다. 하지만 우랑이는 팔짱을 끼고 떨떠름하게 말했다.

"원시인스럽지 않냐? 요즘 같은 우주여행 시대에 땅재
먹기라니."

"원시인이면 어때. 재미있으면 그만이지."

"그래. 우랑이 너 되게 웃긴다."

"재미있으면 니들이나 많이 해라."

여자아이들은 오기로라도 땅재먹기를 할 기세였다. 한
여자아이가 뒷마당 그늘에 커다란 원을 그렸다. 그 사이
우랑이는 딴전을 피우더니 가 버렸다. 남자아이는 나뿐이
다. 아무래도 자신이 없어 빠지려는데 벼리가 말했다.

"순민아, 너 땅재먹기 할 줄 알아?"

"아니."

"잘됐네. 너도 한번은 해 봐야 할 거 아냐."

땅재먹기가 대체 어떻게 하는 놀이인지 궁금하긴 했다.
이 동네 아이들이 초등학교 때 곧잘 했던 놀이라고 했다.
네 명이 원둘레의 한 부분에서 뼘을 대고 반원을 그렸다.
자신의 반원에서부터 바둑알을 세 번씩 튕겨서 다시 원래
자리로 돌아오면 되었다. 바둑알을 따라 그어진 선 안의
땅을 차지하는 것이 놀이의 규칙이다. 반원을 그리고 고
개를 들자 벼리가 웃으며 말했다.

"안 하고 뭐 해, 네가 첫 번째야."

나는 바둑알을 선에 놓고 튕겼다. 하지만 긴장한 탓인지 세게 튕긴 바둑알이 영역 밖으로 나가고 말았다. 실망해 있는데 벼리가 말했다.

"아이! 되게 못하네. 이번은 연습이고, 서울 원시인 한 번 더 해!"

다른 여자애들은 요것들이, 하는 눈초리로 쳐다보았다. 나는 바둑알을 주워 들고 내 자리로 돌아왔다. 땅바닥에 엎드려 하는 이 놀이가 좀 고역스러웠다. 빠지겠다고 말하려는데 벼리가 눈을 찡긋했다. 어쩔 수 없이 다시 바둑알을 튕겼다.

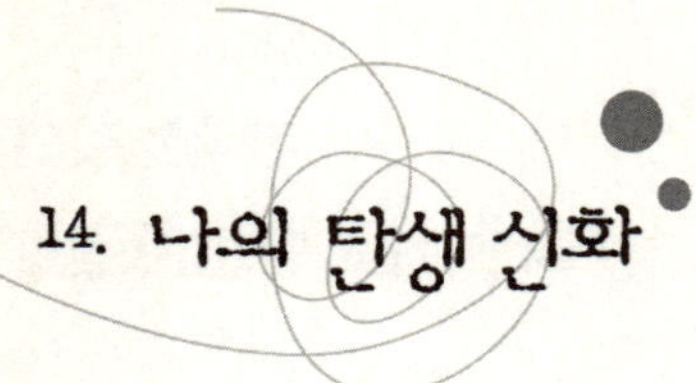

14. 나의 탄생 신화

외할머니는 평소 아버지를 좋게 말하지 않았다. 자기 딸을 데려가 백년해로하지 못했으니 그럴 만했다. 그래도 막상 사위가 온다니 맞을 준비를 하느라 분주했다. 방앗간에 찹쌀떡을 주문하고 냉장고에는 쇠고기도 들여놓았다. 외할아버지도 헛간과 외양간을 치우며 오전 내내 집안 단장에 시간을 보냈다. 그러고도 부족한 듯 오후에는 울타리에 난 풀을 깎았다.

예정보다 한 달 정도 빠른 귀국이다. 아버지가 집에 도착한 시간은 밤 열 시가 넘어서였다. 나는 선잠이 들었다가 아버지를 맞았다. 잠이 덜 깨서인지 오랜만의 만남인데도 무덤덤했다. 아버지는 늦은 저녁을 먹고 내 방으로 건너왔다. 아버지는 싱긋 웃고 나서 말했다.

"학교에 한 달이나 가지 않았다고?"

방 안을 둘러보던 아버지는 내 이불 위에 마주 앉았다.

"방황이 오래 가지 않기를 바란다. 너도 이젠 중학생이지 않니."

아버지는 내 머리를 약간 거칠게 쓰다듬었다. 그리고 목을 끌어당겨 안아 주었다. 그러고 나서 1분도 지나지 않아 하품을 했다.

"아, 잠을 못 자서 피곤하다."

왠지 맥이 빠졌다. 나는 아버지가 그동안 베풀지 못한 관심과 사랑을 보여 주려고 야단법석을 떨지 않을까 걱정했다. 당장 왕따 시키는 학생의 부모를 만나거나 담임을 만나러 가는 일 말이다. 그런 아버지를 진정시켜야 할 거라고 예상했다. 아버지는 장롱에서 이불을 꺼내 깔고 베개 둘을 나란히 놓았다.

"이게 얼마 만이냐. 아들이랑 함께 자는 맛이……."

나는 아버지 곁에 누웠다. 정신은 더욱 말똥말똥했다. 아버지는 금세 잠이 들었다. 그제야 나는 해방된 듯 몸을 일으켜 밖으로 나올 수 있었다. 나오면서 본 아버지의 얼굴은 더운 나라에서 살다 온 티가 나고 퍽이나 지쳐 보였다. 안쓰러웠다. 부엌에서 외할머니는 설거지를 하고 외할아버지는 마늘을 까고 있었다.

"권 서방 얼굴이 상했죠?"

"한 마리 고아 먹였으면 좋겠는데."

외할아버지가 말한 '한 마리'는 아마 닭일 거라고 짐작했다. 나는 냉장고에서 물을 꺼내 마시며 내일 아침에 닭을 사러 가야 하는지 물었다. 외할아버지는 그냥 웃기만 했다. 웃음의 의미는 외할머니에 의해 밝혀졌다.

내가 태어나기 전 해였다. 외할아버지는 밭둑에 쌓아 놓은 돌무더기를 치우다가 희한한 뱀을 발견했다. 머리에 달팽이 같은 더듬이 눈이 있고 피부는 투명했다. 배때기의 맑은 살갗으로 내장이 들여다보였다. 이른 봄이라 겨울잠이 덜 깬 뱀은 외할아버지의 손에 쉽게 잡혔다. 처음에 외할아버지는 이 희한한 뱀을 누군가에게 팔려고 생각했다. 그러나 결혼하고 3년이 지나도록 자식을 못 본 딸 내외가 떠올랐다.

영문도 모르고 장인에게 불려 온 사위는 땀을 뻘뻘 흘리며 뱀탕을 깨끗이 먹어 치웠다. 그리고 다음 해 3월에

한 생명체가 태어났다. 그 생명체는 기어 다니는 걸 좋아해서 첫돌이 지나도록 직립하지 않았다. 그 생명체가 바로 나였다.

잠든 아버지의 가슴이 고르게 오르내렸다. 나는 달팽이뱀 생각이 나서 웃음이 났다. 별이 떨어지는 태몽을 꾸었다거나 알에서 아기가 태어났다거나 하는 탄생 신화들이 생각났다. 그렇게 태어난 아기들은 어른이 되어 나라를 세우고 위기에서 민족을 구했다고 했다. 그럼 달팽이뱀의 기운을 받아 태어난 인간은 대체 어떤 인물이 되어야 하는 걸까.

그날 밤 아버지와 나란히 자면서 꿈을 꾸었다. 누워 있는 내 옆으로 강물이 출렁거렸다. 손을 뻗으면 강물에 닿을 만큼 가까웠다. 나는 몸을 뒤척이며 도망치려고 했다. 그러나 강물은 저항할 수 없는 힘으로 나를 끌어당겼다. 어찌된 일일까? 어느 순간 나는 위에서 나를 내려다보고 있었다. 강물은 크고 긴 뱀으로 보였다. 나는 작은 뱀이었다. 큰 뱀과 작은 뱀이 나란히 엎드려 있었다. 내가 뱀이라니, 꿈 속에서도 불쾌하고 기분이 이상했다.

다음 날 오후 아버지는 산책을 가자고 했다. 집을 나서자 뜨거운 햇볕에 머리가 지끈거렸다. 아버지는 오랜만에

걷는 시골길이 마냥 새롭고 정겨운 듯했다. 교문에 들어
서자 숙직실에서 나지막하게 음악이 흘러나왔다. 뜨거운
여름 햇빛이 반사되어 운동장이 하얗게 보였다. 아버지는
소나무 그늘에서 가늘게 뜬 눈으로 학교 건물을 보며 말
했다.

"순민이가 이 학교 졸업하면 엄마 후배 되는 건데."

아버지의 손이 내 목덜미를 어루만졌다. 아버지의 손은
굳은 살이 박혀 거칠어 보였는데, 의외로 말랑한 느낌이
었다.

"지금 보니 학교는 참 꼬맹이다. 학교 밖이 아주 크지."

나는 아버지의 말을 이해할 수 있을 것 같았다.

"나는 여러 나라 사람들을 만나 봤다. 중동에서 만난 이
슬람 족장은 학교에 다녀 본 일이 없다더라. 하지만 그 사
람들에게는 사원이 바로 학교니까 평생 학교에 다니는 셈
이지."

아버지는 한동안 침묵을 지켰다.

"사람이 사는 방법은 이 세상 인구의 숫자만큼이나 많
단다. 하기 싫은데 억지로 하다가 자신을 망치는 사람들
이 가장 어리석지."

아버지는 이렇게 말해 놓고 어딘가 미흡했는지 이마를

찡그렸다.

"그래도 어쩌겠니. 젊을 때 힘에 부치는 일에 도전해 볼 필요가 있더라. 그래야 발전이 있는 법이니까."

나는 하품이 나오려고 해서 입을 막았다. 그리고 약간 삐딱하게 물었다.

"지금은 하고 싶은 일 하고 계세요?"

"솔직히 말하자면 사는 게 그저 그렇다. 너도 어른이 돼 보면 알아."

듣고 있자니 짜증이 났다. 사는 게 그저 그렇다니. 지금 아들이 얼마나 힘든 처지에 있는지 잘 모르는 것 같았다. 베트남에 가서 더위라도 먹었는지, 아버지는 온통 그저 그런 얘기들만 늘어놓았다. 나는 철봉에 가서 거꾸로 매달렸다. 그렇게라도 하지 않으면 견딜 수 없을 성싶었다. 그사이 아버지는 어딘가로 전화를 걸었다.

"부도가 났어도 사장이란 작자는 여전히 수백억 재산가란 말이야. 이번에는 결코 그냥 넘어가지 않아."

아버지는 내가 들을까 봐 손으로 입을 가리고 말소리를 낮췄다. 그러나 주위가 조용해서 확연히 들렸다.

"아무튼 지옥까지라도 가서 찾아내야 해. 그래야 우리가 살아."

아버지의 얼굴에 내내 드리웠던 짙은 그늘의 정체가 보였다. 아버지는 지난 반년 동안 베트남 밀림에서 더위와 싸우고 벌레에 물리며 일한 대가를 받지 못한 것이다. 귀국할 때 가족들에게 줄 선물도 사 오지 못했다. 아버지는 지쳐 있었고 불쌍해 보였다. 나는 아버지가 기운을 회복하기를 원했다. 달팽이뱀을 먹는 별난 식성 따위는 문제 될 것도 없다. 그날 오후 아버지는 서울로 갔다.

독사와 뇌진탕

우랑이가 골목길을 따라 내려왔다. 나는 녀석이 침입자처럼 느껴져 지켜보았다. 우랑이는 전보다 키가 훌쩍 자란 것 같았다. 그동안 나는 포도주 동굴 허깨비들에게 기대를 걸었다. 원한이 있어 나타나는 허깨비들이라면 우랑이에게 해코지를 해야 마땅했다.

"젠장! 한 시간이나 기다렸다. 야! 기찬이 어디 갔냐?"

녀석은 내가 당연히 기찬이의 행방을 알아야 하는 것처럼 말했다. 나는 기찬이네 가족이 차를 타고 가는 것을 보았다고 말했다.

“젠장!”

우랑이는 실망해서 돌멩이를 찼다. 돌멩이가 개울로 떨어져 물소리를 냈다. 우랑이는 기찬이한테 ‘바람 계곡’을 빌리러 온 길이라고 했다. 아마 〈바람 계곡의 나우시카〉를 말하는 것 같았다. 그건 미야자키 하야오의 만화다. 나는 잠시나마 녀석에게 친절한 마음을 가졌다. 내가 좋아하는 만화였기 때문이다.

“나한테도 있는데. 만화책이지만.”

“만화책? 재미있냐?”

“그럼! 만화로 보면 애니메이션하고는 또 다른 느낌이 들어.”

“그래? 그거 나 좀 빌리자.”

우랑이는 집으로 가도록 나를 몰아세웠다. 녀석의 거침없는 기세에 경계심이 생겼다. 괜히 만화책 자랑을 했다는 생각이 들었다.

“와! 진짜 많다! 미쳤다, 미쳤어!”

내 방에 들어온 우랑이는 찬사인지 비난인지 모를 말을 지껄이며 입을 다물지 못했다. 하긴 유치원 시절부터 모았으니 제법 많았다. 나는 미야자키에 관해 우랑이에게 선생 노릇을 했다. 〈천공의 성 라퓨타〉와 〈원령 공주〉에 대해 설명하자 우랑이는 존경의 눈빛으로 날 쳐다봤다. 어쩔 수 없이 나는 녀석과 책을 나눠 보는 사이가 됐다.

우랑이는 다음 날에도 만화책을 보러 왔다. 녀석은 어제 빌려 간 책을 그새 다 읽었다며 새 책을 빌렸다. 녀석이 흙투성이 운동화 발을 마루에 올려놓고 만화책을 읽은 것 외에 눈에 거슬린 점은 없었다.

친한 사이라고는 할 수 없었다. 그냥 필요에 의해 이용하는 관계일 뿐이었다. 나는 여전히 우랑이를 볼 때마다 긴장했다. 웃음이 없는 얼굴은 어떤 독재자를 떠올리게 했다. 언제 돌변해 화를 낼지 몰라 조심스러웠다.

여름 방학도 중반에 접어들었다. 우랑이는 무슨 바람인지 오전 일찍부터 우리 집에 왔다. 녀석은 허락을 구하지도 않고 내 방으로 들어와 방바닥에 배를 깔고 만화책에 빠져들었다.

"출출한데 먹을 거 좀 없냐?"

우랑이의 말에 시계를 보니 점심때가 되어 있었다. 녀석의 말투가 묘하게 신경에 거슬렸으나, 어쨌든 손님이니 시중을 들어주어야 했다. 그래도 전처럼 녀석이 아주 싫기만 한 건 아니었다.

나는 요리 실력을 다해 녀석에게 라면을 끓여 주었다.

우랑이는 다 먹고 나서 쩝쩝 입맛을 다셨다.

"나 보리차 안 마시는데, 생수 없냐?"

"우리 집은 보리차만 마시는데, 포도 주스는?"

"우리 집 포도주 공장하는 거 모르냐?"

녀석은 냉장고에서 꺼내 온 포도 주스마저 외면했다. 녀석의 취향에 은근히 부아가 났다. 그런 녀석에게 수돗물을 마시라고 할 수도 없었다. 어쩔 수 없이 자전거를 타고 집을 나섰다. 가게에 가서 생수를 사 오기 위해서였다. 정말 내키지 않는 일이었다. 집에 돌아가는 시간을 최대한 끌기로 했다. 녀석이 갈증으로 고통받도록.

생수를 사 가지고 마당에 들어섰을 때 우랑이는 보이지 않았고, 만화책만 마루에 놓여 있었다. 갈증을 참지 못해 그새 가 버린 녀석의 변덕에 기막혀할 때였다. 집 뒤에서 갑자기 비명이 들려왔다.

"으악!"

뭔가 쿵 하고 떨어지는 소리도 들렸다. 뒤꼍에 가 보니 우랑이가 질린 얼굴로 손을 마주 잡고 펄쩍펄쩍 뛰고 있었다.

"배, 뱀이야!"

뱀 한 마리가 장독 옆 부추밭으로 기어갔다. 몸이 통통

하고 짤막한 잿빛 뱀이었다. 한눈에 무슨 일이 벌어졌는
지 알 수 있었다. 뱀은 장독 뒤로 서서히 기어가더니 울타
리 아래 풀숲으로 사라졌다. 외할아버지가 어제 산에서
잡아 온 뱀이었다. 외할아버지는 장독대 옆 함지박에 뱀
을 넣고 뚜껑을 덮은 뒤 돌로 눌러두었다. 그런데 우랑이
가 호기심에 뚜껑을 열어 본 것이다.

"어쩌다 이랬어?"

나는 책망하면서도 한편으로 고소하다는 생각이 들었
다. 녀석이 벌을 받았다는 통쾌함 때문이다. 하지만 그런
생각은 아주 잠깐이었다. 녀석이 정말 뱀에 물렸다면 죽
을 수도 있었다.

"정말 뱀한테 물린 거야?"

"그래, 새끼야! 보면 몰라?"

"어디 보자!"

우랑이의 손등 가장자리에 빨간 이빨 자국 두 개가 선
명했다. 우랑이는 두려움에 사로잡혀 울음소리를 냈다.

"엄마야! 독사야!"

우랑이는 팔뚝을 잡고 어쩔 줄 몰라 허둥지둥했다.

"아이고오! 나 죽어! 엄마, 우랑이 죽어!"

나 역시 몹시 당황스러웠다. 침착해야 했다. 다시 우랑

이 팔을 잡고 자세히 살펴보았다.

"정말 독사 맞아?"

"그래, 새끼야! 너는 독사도 몰라? 아아, 나 죽어! 엄마, 나 죽어!"

"징징거리는 주제에 욕은……."

"뭐야? 이 새끼가……."

녀석은 평소 용감한 척했지만 알고 보니 어쩔 수 없는 겁쟁이였다. 녀석이 죽을지도 모른다는 생각이 들어 나 역시 겁이 났다. 응급조치 따위는 엄두가 나지 않았다.

"우랑아! 따라와, 따라와!"

달리 방법이 없어 우랑이를 데리고 마당으로 갔다. 읍내 보건소로 빨리 가야만 했다. 자전거를 가져왔다. 구급차를 부를까 했지만, 자전거로 가까운 보건소 의사에게 가는 게 더 빠를 것 같았다.

"어, 얼른 타! 독이 퍼지기 전에 빨리 보건소로 가자!"

나는 한 번도 자전거 뒷자리에 누군가를 태우고 달려 본 적이 없었다. 우랑이의 몸무게가 실린 자전거는 잘 나가지 않았다. 이마에 진땀이 흘렀다. 뒤에서 우랑이는 짜증을 냈다. 세 번의 시도 끝에 겨우 가속도를 받아 마당을 나설 수 있었다. 힘껏 페달을 밟았다. 비틀거리면서도 달

릴 수 있어 신기했다. 포장도로에 들어서자 점점 자신이
생겼다.

"아프냐?"

"그래, 새끼야! 망치로 맞은 거 같아!"

보건소까지는 약 20분 거리였다. 느리기는 했지만 자
전거는 문제없이 달려갔다. 우랑이가 못 참겠다는 듯 소
리를 질렀다.

"빨리 가, 새끼야!"

"흥분하면 독이 빨리 퍼져. 흥분하지 마!"

저수지 수로 옆의 비스듬한 언덕에 들어서자 자전거는
더욱 느려졌다. 기어를 저단으로 바꾸었다. 속도가 느려
넘어지지 않는 것만도 다행이었다. 그럴수록 페달을 바삐
밟았다. 허벅지가 뻐근하고 숨이 가빴다. 우랑이가 잠잠
해지자 되레 걱정이 되었다.

"야! 괜찮냐?"

"그래. 빨리 가기나 해."

언덕을 넘어 굽은 도로에 들어섰을 때였다. 한숨 돌리
는가 싶었는데, 맞은편에서 덤프트럭이 길을 가득 차지하
고 달려왔다. 트럭은 속도를 줄이지 않고 경적을 크게 울
렸다. 헤드라이트를 번쩍거리기도 했다.

나는 트럭을 피해 도로 바깥으로 운전했다. 조심하다
보니 속도가 느려지고 자전거는 비틀거렸다. 당황스러운
순간 자전거 페달마저 헛바퀴를 돌았다. 체인이 기어에서
빠져 버린 것이다. 혼자였다면 아마 길 위에 넘어지더라
도 어떻게든 멈추었을 것이다. 그러나 우랑이 때문에 내
마음대로 되지 않았다. 우리 둘은 넘어지지 않으려고 버
티다가 자전거와 함께 길 밖으로 날았다. 몸이 잠시 떠 있
는 느낌이었다. 아래쪽으로 반짝이는 강물과 하얀 자갈밭
이 보였다. 우리는 언덕에 한 번 부딪치고 대굴대굴 굴러
내려갔다. 열 바퀴, 아니 스무 바퀴쯤. 그러다가 무언가가
내 머리를 무자비하게 강타했다. 비릿한 냄새가 콧속 가
득 느껴졌다.

눈을 떠 보니 천장에 불빛이 보였다. 병원인 것 같았다.
입에 투명한 마스크 같은 것이 씌어 있었다. 머리가 지끈
거리고 아팠다. 마스크에서 나오는 공기 때문인지 몹시
추웠다. 나는 사람을 부르려고 소리를 질렀다. 나를 헐떡
이게 하는 고통에 대해 누군가에게 호소하고 싶었다. 아
무도 오지 않았다. 다시 소리를 질렀다.

"깨어났어요?"

　연한 분홍색 가운을 입은 간호사가 뒤에서 말했다. 간호사는 내 입에서 투명 마스크를 벗겨 냈다. 나는 지금이 몇 시인지 물었다. 밤인지 낮인지 궁금했기 때문이다.

“새벽 네 시네. 머리가 많이 아프지? 그럴 거야.”

간호사는 내가 아픈 것을 잘 안다는 듯 말했다.

“제 친구는요?”

“뱀에 물린 친구? 그 친구는 괜찮아. 일반 병실에 있으니까 이따 아침에 만나.”

　맥박이 뛸 때마다 머리에 통증이 느껴졌다. 마치 고통의 북이 머리 안에서 울리는 것 같았다. 덕분에 초 단위로 천천히 흘러가는 시간이 생생히 느껴졌다. 시간은 너무나 더디게 흘러갔다. 나는 벼랑 끝에 매달린 심정으로 날이 새기만을 기다렸다. 아침이 와서 회복실에서 벗어나면 아픈 것도 가라앉을 거라는 막연한 기대감 때문이었다. 잠시 후 간호사가 진통제 주사를 놔 주었다. 혈관으로 흘러가는 차가운 기운이 느껴졌다. 그러고 나서 조금씩 아픔이 사라졌고 이내 잠이 몰려왔다.

　하얀 시트 너머로 우랭이의 얼굴이 눈에 들어왔다. 바로 옆 병상이다. 나는 일반 병실로 옮겨져 있었다. 정신이

몽롱한 가운데 침대에 누워 복도를 지나온 기억이 났다. 우랑이는 내가 깨어난 것을 보고 다가와 말했다.

"정신 드냐? 나 누군지 알겠어?"

우랑이는 얼굴과 팔에 생채기가 났을 뿐 괜찮아 보였다. 나는 고개를 끄덕일 수 없어 눈을 깜박였다. 온몸이 마비된 듯 움직일 수 없었다. 머리에서 일어나는 고통에 온몸이 포로가 된 듯했다. 우랑이가 한참 망설이더니 슬쩍 내 손을 잡았다. 따뜻하고 포근한 느낌이었다. 나는 우랑이의 손을 힘주어 잡았다. 누구에게든 매달리고 싶었다. 우랑이가 놀란 눈으로 나를 들여다보았다.

"많이 아프냐?"

나는 숨을 헐떡이며 말했다.

"더럽게 아파."

우랑이는 이번에도 한참 입을 다물고 있다가 말했다.

"미안하다. 우리 둘 다 죽을 뻔했어. 기억나냐?"

기억이 나지 않을 리 없다. 마지막 순간이 생생하게 떠올랐다. 정신을 잃을 때까지 여러 번 굴렀다. 그리고 어딘가에 부딪쳤다. 머리가 깨지는 것 같았던 느낌. 그건 정말 잔인한 일이었다. 그럼에도 살아 있다는 것이 반가웠다. 살아 있다는 것만으로도 승리한 것인 양 웃음이 나왔다.

간호사가 와서 내 혈압을 재고는, 상냥한 얼굴로 웃으며
정상이라고 말해 주었다. 나는 여유가 생겨 우랑이에게
말했다.

"나도 미안해."

"뭐? 네가 왜 미안해?"

"그냥."

우랑이가 뭐라고 말했는데 잘 들리지 않았다. 누군가
소란스럽게 병실로 들어왔기 때문이다. 나는 고개를 돌려
볼 수 없어 누군지 궁금했다. 우랑이 엄마가 과일 바구니
를 들고 내 앞으로 다가왔다.

"어쩌다 이렇게 됐어? 많이 아프지?"

"괜찮아요."

"어이구! 내 새끼들. 괜찮니? 정말 괜찮아? 어쩌다가
이렇게 됐어?"

우랑이 엄마는 눈물을 글썽였다. 나는 엄마가 있는 우
랑이가 부러웠다. 한편으로 서러운 마음도 들었다. 우랑
이 엄마는 안됐다는 표정으로 내게 말했다.

"순민이가 많이 다쳤다며? 그나마 이만한 게 참 다행이
다. 할머니가 얼마나 걱정하실까."

잠시 후 다시 병실 문이 열렸다. 외할머니와 외할아버

지였다. 두 분 얼굴에 놀란 기색이 역력했다. 외할머니가 내 손을 쥐었다. 나무껍질처럼 거친 손이었다. 외할아버지는 침대 발치에 어색하게 서서 내 얼굴을 걱정스레 들여다보았다.

"내가 어쩌자고 뱀을 집에……."

외할아버지는 우랑이와 우랑이 어머니에게 사과했다. 자신이 너무 늙어서 그런 것이며, 빨리 죽어야 한다고 자책했다. 그 바람에 우랑이 어머니가 더 미안해할 정도였다. 그럼에도 외할머니는 외할아버지를 심하게 나무랐다.

"세상에 어떤 할배가 손자를 이 모양으로 만들어. 이 영감탱이 내쫓아 버릴 거여!"

외할아버지는 쩔쩔매다가 밖으로 나갔다. 병실 안에 문구점 주인 여치도 있었다. 언제부터인지 모르게 병실 구석 의자에 앉아 있었다. 여치가 왜 여기 있는지 궁금해하고 있는데, 우랑이 어머니가 여치를 가까이 데려오더니 말했다.

"이 형 아니었으면 너희들 큰일 날 뻔했어. 이 형이 너희들 구해 줬어."

여치가 우리를 구한 얘기는 병원 안에 모르는 사람이 없을 정도였다. 지방 신문사 기자까지 다녀갔다고 했다.

여치는 그때 읍내에 다녀오는 길이었다. 제방 아래 덤불에 걸린 자전거가 보였다. 자전거가 거꾸로 걸린 것이 이상해 차를 세웠다. 두 아이가 강가 자갈밭에 피를 흘리며 쓰러져 있었다. 여치는 바로 119에 도움을 청했다. 119 구급차가 도착하기 전 여치는 군대에서 의무병으로 익혔던 실력을 발휘했다. 차에서 구급약 상자를 가져와 내 머리에 지혈을 했다. 우랑이의 손등에 난 이상한 상처도 발견해서 미리 구급대에 전화로 알렸다. 여치는 전에 뱀에 물린 경험이 있어 우랑이 상처를 알아보고 응급처치도 할 수 있었다. 상처를 째고 독을 빨아낸 덕분에 우랑이는 독이 퍼지는 것을 막을 수 있었다.

나와 우랑이가 여치에게 생명을 빚졌다는 사실은 의심할 여지가 없었다.

"이 형이 너희들 생명의 은인이야."

의사도 여치를 칭찬했다. 여치는 거듭되는 칭찬에 수줍은 얼굴로 구석에 서 있었다. 의사와 간호사가 돌아가 병실이 한결 조용해졌을 때, 여치가 내게 말했다.

"저번 일은 말이야……"

여치는 무슨 말인가 하려다가 그만두었다. 옆 침대에서 우랑이가 무슨 일이냐고 묻는 눈으로 나와 여치를 번갈아

보았다. 여치는 우랑이가 신경 쓰이는지 흘끗 돌아보았다.

"언제 한번 둘이서 놀러 와라. 맛있는 거 사 줄게."

여치는 어색하게 미소를 지어 보였다. 나는 진통제 기운으로 머리가 멍해 아무 생각도 할 수 없었다.

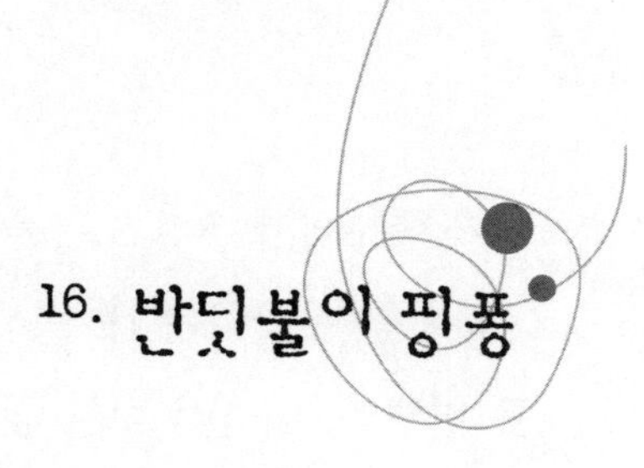

16. 반딧불이 핑퐁

"아플 때일수록 잘 씻어야 하는데, 엄마가 우랑이 목욕
시켜 줄까?"

"아이! 엄마는······."

나는 우랑이 엄마가 정말로 우랑이를 씻겨 주려고 한
건지 궁금했다. 우랑이는 엄마에게 눈을 흘기며 내 눈치
를 봤다. 병실에 나란히 누워 있으니 우랑이의 모든 것이
달라 보였다. 우랑이는 징그러울 정도로 엄마에게 어리광
을 부렸다. 그동안 내가 우랑이를 두려워하면서도 굴복하
거나 인정할 수 없었던 이유를 알 것 같았다. 저런 응석받

이가 학교에서 대장 노릇을 한다니, 우스운 일이었다.

하지만 우랑이는 내 병간호를 할 때면 언제 그랬냐는 듯 변했다. 입술이 마른 것을 보고 마실 물을 떠다 주었다. 끼니마다 식사를 날라 주고 치우는 일도 맡아서 했다. 재미있는 잡지를 보면 가져와서 보여 주었다. 나는 그런 보호를 받으면 닭살이 돋는 체질이지만 움직이지 못하니 어쩔 수 없었다.

"머리 많이 아프냐?"

우랑이가 내게 물었다. 진통제 주사를 맞아 머리가 많이 아프지는 않았다. 걸으면 머리가 아프게 울리고, 만지면 움찔하는 정도였다. 나는 약한 모습을 보이고 싶지 않아 아무렇지도 않은 듯이 말하곤 했다.

"아니. 아픈 거보다 가려워 죽겠다. 시원하게 머리나 감았으면 원이 없겠어."

"정말 안 아파?"

"그렇다니까."

우랑이가 다 안다는 듯 씨익 웃었다.

"니 머린 분명 돌이야."

"나도 돌이었음 좋겠다."

"돌대가리야. 빨리 나아라. 너 때문에 내가 퇴원을 못하잖아."

의사는 우랑이가 퇴원해도 좋다고 했다. 그러나 우랑이는 의리 없게 먼저 퇴원할 수 없다며 고집을 부렸다. 우랑이 아버지는 그런 우랑이를 칭찬했다.

서울에 간 아버지는 아침저녁으로 전화를 걸어 왔다. 채무자를 만나려고 찾아다니는 중이라 했다. 그리고 드디어 어제 채무자와 연락이 되어 곧 만날 거라고 했다.

"뇌진탕인데 그 정도니 다행이다. 끅!"

아버지는 술에 취해 있었다.

"내 아들, 권순민! 살아 줘서 고맙다. 너는 내 가장 중요한 사업이다."

횡설수설이었지만 정겹게 느껴졌다. 아버지는 일이 잘될 것 같다며 주말에 내려올 거라고 했다.

병원 복도가 시끌벅적했다. 병실 문이 살짝 열리더니 반 친구들이 몰려들었다. 아이들 뒤로 긴장한 담임의 얼굴이 보였다. 아이들은 담임이 운전하는 밴을 타고 왔다고 했다.

"설마리가 왜 조용한가 했지. 알고 보니 말썽꾼들이 다 여기 있어서 그랬구먼. 나는 순민이가 학교 그만두고 뭔가 대단한 일 하는 줄 알았지."

담임이 들어오자마자 말했다.

"병문안 인사치고는 너무 고약해요."

"너희들한텐 이게 제격이야. 내 말은 사고 치지 말고 잘 있다가 개학하면 학교에 나오란 말이야. 알겠니?"

담임은 양손을 허리에 얹고 엄한 얼굴로 우리 둘을 번갈아 보았다. 그러나 아이들은 병문안을 파티로 아는지 떠들며 즐거워했다. 누가 한마디 할 때마다 웃음이 터져 나왔다. 우랑이가 아픈 척하자 한 여자아이가 입김을 호호 불어 주었다.

기찬이가 머리를 긁적이며 더듬거렸다.

"피로 맺은 친구 사이…… 그걸 뭐라고 하더라?"

"전우 말하는 거냐?"

"그거 말고."

"혈맹?"

"맞아! 혈맹! 혈맹, 정말 멋지다!"

친구가 죽을 뻔했는데 그게 멋져 보인다니. 아무래도 제정신들이 아니다. 담임은 아이들이 잠잠해지기를 기다려 말했다.

"고통은 사람에게 지혜를 준다고 하지. 특히 순민이는 자신이 왜 아프게 됐는지 스스로 알기를 바란다."

담임은 줄곧 내가 학교에 가지 않아 이런 사고가 생긴 거라고 말하고 싶은 눈치였다.

"병실에 누워 있기는 억울한 날씨네."

담임이 잘 열리지 않는 창문을 애써 열었다. 아이들의 눈길이 모두 밖을 향했다. 창문 밖으로 산허리 길이 보였다. 트럭 한 대가 힘겹게 올라가고 있었다. 담임은 의자를 끌어와 창가에 앉았다. 내 침대 머리 바로 옆이었다.

"나는 순민이가 저 트럭처럼 지그재그로 고개를 넘어가고 있다 생각해."

아이들은 무얼 보고 하는 말인지 확인하려고 창가로 몰려들었다.

"인생이란 지그재그 산길 같은 거야. 곧바로 올라가면 빠르겠지만 무리하지 않고 완만하게 올라가는 것도 나쁘지 않아."

"예."

"아무렴! 개학하면 학교에 나올 거지?"

학교 생각을 하니 머리가 뜨거워지는 느낌이었다.

"유급하지 않고 2학년이 될 기회가 있다는 거 잊지 않기 바란다."

"네."

나는 마지못해 대답했다. 담임이 돌아가려고 가방을 챙겨 들었다. 이때 다시 병실 문이 열리고 한 떼의 아이들이 또 몰려들었다. 담임 차에 자리가 부족해 타지 못한 아이들이었다. 아이들은 각자 자전거나 버스를 타고 오려고 했는데 마침 문방구 주인 여치가 사정을 듣고 차에 태워 주었다는 것이다. 조금 늦게 여치가 병실에 들어왔다. 모두의 시선이 여치에게 쏠렸다. 한 아이가 여치를 알아보고 말했다.

"설마리 팝의 황제님!"

"정말? 아저씨, 노래 불러 주세요!"

여치를 알아보는 아이들이 의외로 많았다. 예전에 몇 번 학교 옆 소나무 밭에서 기타 연주를 해 아이들에게 알려져 있었던 것이다. 박수가 쏟아져 나오자 여치는 허락을 구하듯 담임을 바라보았다. 담임이 고개를 끄덕이자 여치는 밖으로 나가 기타를 들고 돌아왔다.

"노래를 하나 가르쳐 줄게. 독사에 물리고 머리가 좀 깨졌어도 노래 한 곡 정도 하는 건 괜찮지?"

"네!"

아이들이 합창하듯 대답했다. 여치는 병실 전체가 분위기에 젖어 들 때까지 충분히 반주를 했다. 그리고 약간 청승맞은 노래를 시작했다.

오, 어디로 가나요, 방랑자

바람 바람은 잃어버린 날개의 퍼덕임

빗물 빗물은 사랑 이어주는 금실 은실

오, 어디로 갈까요, 방랑자

사랑한다면 난 바람이어도 좋아

사랑한다면 난 빗물이어도 좋아

오, 느끼고 있나요

바람 바람은 잃어버린 날개의 퍼덕임

빗물 빗물은 사랑 이어 주는 금실 은실

오, 듣고 있나요

사랑한다면 난 바람이어도 좋아

사랑한다면 난 빗물이어도 좋아

나는 그 무엇이라도 좋아

나는 그 누구라도 좋아

오, 어디로 가나요, 방랑자

후렴구의 멜로디가 낯익었다. 언젠가 들판에서 우연히
떠올라 흥얼거린 바로 그 멜로디였다. 그 노래가 내 머리에서 우러난 줄 알고 우쭐했다니, 헛웃음이 나왔다. 노래를 마친 여치가 말했다.

"'방랑자'라는 노래야."

"와우! 앵콜! 앵콜!"

시끌벅적한 환호성이 일었다. 그러나 나는 얼굴을 찡그리지 않을 수 없었다. 그런 줄도 모르고 여치에게 작곡을 부탁하러 달려갔던 일이며, 문구점 쪽방에서 보았던 장면이 징그럽게 떠올랐다.

병실 문이 살며시 열렸다. 다른 병실 사람들이 노랫소리를 듣고 호기심에 우리 병실을 들여다봤다. 여치가 소란을 피워 미안하다고 말했다. 사람들은 오히려 앙코르 신청으로 대답했다. 여치가 마지못해 돌아서며 말했다.

"병원이 떠나가도 책임 못 집니다."

사람들의 환호를 이끌어 낸 여치의 얼굴은 자신만만해 보였다. 기타 연주가 다시 시작되었을 때 병실 문이 벌컥 열렸다.

"여러분, 뭐 하는 겁니까?"

싸움이라도 난 줄 알고 달려온 수간호사였다. 나는 당당한 체격의 수간호사가 여치를 끌어내기를 기대했다. 그러나 여치의 연주는 조금도 흔들리지 않았다. 그녀는 오히려 녹아 버린 얼굴로 여치의 연주에 빠져들었다.

멍청한 수간호사 같으니! 여치의 어떤 능력이 여자들을, 아니 어른과 아이들까지 사로잡고 있음이 분명했다. 여치가 못마땅하긴 했지만, 그 능력이 어떤 것인지는 알고 싶었다.

밤이 되자, 머리가 깨질 듯 아팠다. 퇴원해도 후유증이 있을지 모른다는 의사의 말이 떠올랐다. 머리가 자주 아프고 심한 운동을 못할 수도 있다고 했다. 생각할수록 우울했다. 우랑이는 오늘 퇴원해서 병실에는 나 혼자였다. 간호사는 내가 원하면 진통제를 주겠다고 했지만, 별로 그러고 싶지 않았다.

나는 병실을 조용히 빠져나왔다. 그리고 불만 환하게 켜진, 아무도 없는 복도를 지나왔다. 중앙 계단을 내려와 후문으로 가면 바로 정원으로 이어졌다. 정원에 놓인 탁구대가 쓸쓸해 보였다. 오늘 아침까지만 해도 우랑이는 이곳에서 다른 환자들과 탁구를 쳤다. 나는 옆에 서서 우랑이의 헛손질에 어이없어하며 구경했다. 탁구공 튕기는 소리가 아직도 들리는 것만 같았다.

아무도 없는 탁구대 옆 벤치에 앉자 울타리 너머 검은

산이 눈에 들어왔다. 산은 깊이 잠들어 있는 것 같았다. 나는 바구니에서 탁구공 하나를 집어 탁구대 위로 날렸다. 하얀 탁구공은 탁구대 바닥에 두 번 부딪친 뒤 어둠 속으로 사라졌다. 두 번째 탁구공도 마찬가지였다. 경쾌한 탁구공 소리가 여운을 남겼다. 그렇게 바구니에 있던 탁구공을 계속 날렸다.

그런데 이상한 일이 일어났다. 탁구대 건너편 어둠 속에서 은은하게 빛나는 공 하나가 내게 날아왔다. 나는 놀라지 않았다. 공은 천천히 탁구대 위를 날아 바로 내 앞으로 왔다. 그것은 때 이른 반딧불이였다.

반딧불이는 꺼질 듯 꺼질 듯 희미한 빛의 꼬리를 흘렸다. 피겨 스케이팅 선수처럼 곡선을 그리며 부드럽게 허공으로 미끄러져 갔다. 다시 어둠이 앞을 가렸다. 반딧불이가 다시 나타나기를 바라는 마음으로 손에 쥐고 있던 마지막 탁구공을 날렸다. 반딧불이는 나타나지 않았다.

나는 눈을 감았다. 포도주 동굴의 어두운 통로가 떠올랐다. 동굴 안쪽에서 내 쪽으로 반딧불이가 날아왔다. 반딧불이는 아주 천천히 나비처럼 하느적하느적 우아하게 날았다. 나는 손바닥으로 반딧불이를 튕겨 저편으로 날렸다. 누군가 저편에 기다리고 있었다. 반딧불이 빛에 그이의 얼굴이 얼핏 보였다. 환하게 웃는 평화로운 얼굴, 소년 같기도 하고 소녀 같기도 한 얼굴이다.

나는 우물처럼 깊은 그이의 눈빛을 보고 기쁨에 몸을 떨었다. 그 얼굴을 다시 보고 싶었다. 반딧불이 핑퐁을 멈출 수 없었다. 마음을 집중하는 한 반딧불이 핑퐁은 끝나지 않을 것이다. 가슴 깊은 데서 기쁨이 차올랐다. 머리는 더 이상 아프지 않았다.

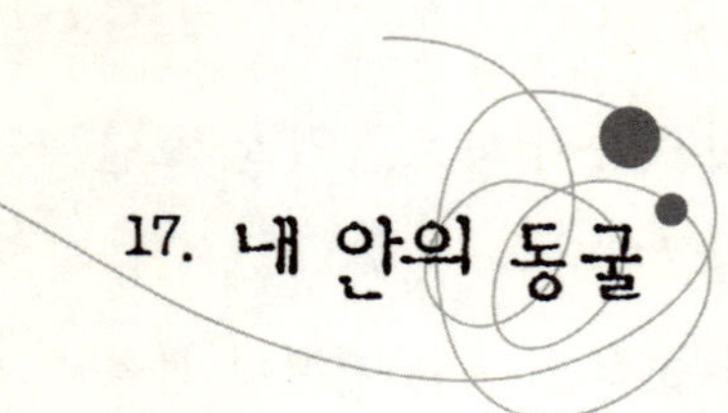

17. 내 안의 동굴

나는 마루에 앉아 있었다. 담장 밖 웅덩이에서 맹꽁맹꽁 희한한 소리가 들려왔다. 맹꽁이 우는 소리였다. 외할머니는 비 오는 여름날에만 들어 볼 수 있는 귀한 소리라고 했다. 열이 나서 그런지 빗줄기가 무척 시원하게 느껴졌다.

비가 그치자 마당으로 나갔다. 머리가 울리고 조금 어지러웠다. 오이 넝쿨 사이로 외할머니의 하얀 머리가 보였다. 물꼬를 트러 논에 나갔던 외할아버지도 돌아와 수박밭 고랑에 물을 빼내고 있었다. 외할머니는 어린 오이를 따다가 나를 보고 싱긋 웃으며 말했다.

"이렇게 솎아 줘야 오이가 굵어진단다."

외할머니는 채소와 곡식을 잘 가꾸었다. 이웃 할머니들이 외할머니의 채소를 칭찬하는 것만 봐도 알 수 있다. 나는 문득 죽어 버린 해바라기가 생각나서 말했다.

"왜 내 해바라기만 죽었는지 모르겠어요."

외할머니는 해바라기를 어디에 어떻게 심었는지, 그리고 심고 나서 물과 비료를 주었는지 물었다.

"그건 터가 나빠서가 아니라 정성이 부족해서다."

외할머니는 다시 오이 넝쿨 사이로 부지런히 손을 놀리며 말했다.

"오이, 토마토, 수박 모두 한가지로 자식처럼 돌보지 않으면 망치는 거여. 해가 뜨거우면 목마르지 않을까, 이파리에 벌레가 생기면 아프지 않을까, 날씨가 추워지면 감기 들지 않을까 돌봐야 혀. 그래야 이놈들이 은혜를 알고 날 먹여 살리는 거여."

외할머니가 수많은 자식을 텃밭에 거느리고 있다는 사실이 놀라웠다. 상큼한 오이 냄새와 토마토 냄새가 어우러져 향기로웠다. 그 가운데 외할머니는 행복해 보였다. 나는 외할머니의 자식들을 밟지 않으려고 애쓰면서 수박

밭으로 갔다. 외할아버지는 수박을 하나 따서 내게 안겨
주었다.

　모두 깊은 잠에 빠진 새벽이다. 나는 오줌이 마려워 잠
에서 깼다. 저녁에 먹은 수박 탓이다. 조금 전에 꾸었던
꿈이 생각났다. 내가 누운 곳 바로 옆으로 은빛 강물이 일
렁이며 흘러갔다. 손을 뻗으면 바로 닿을 만큼 가까웠다.
나는 강물에 젖지 않으려고 몸을 뒤척였다. 강물은 어느
새 뱀으로 변해 있었다. 몸이 투명한 은빛 뱀이었다. 뱀은
구불구불 강물처럼 움직였다.
　화장실에서 물줄기를 빼면서도 내내 투명한 뱀이 머리
를 떠나지 않았다. 지난번 꿈처럼 망측한 느낌은 들지 않
았다. 이때 밖에서 무슨 소리가 들려왔다. 아주 작게 들리
는 라디오 소리였다. 이른 새벽에 누굴까 궁금했다.
　호박 덩굴을 걸치고 기울어 있는 담 모퉁이를 돌아갔
다. 그곳에 반딧불처럼 작은 불빛 하나가 희미하게 반짝
였다. 담장 아래 어두운 곳에 앉아 있는 그림자가 불빛의
주인이었다. 그림자는 인기척을 느끼고 몸을 돌렸다.
　"순민이니?"
　아버지의 낮고 굵직한 목소리였다. 나는 의아하면서도

반가운 마음에 대답했다.

"네에, 아버지."

아버지는 피우던 담배를 논두렁으로 던졌다. 물에 떨어진 담뱃불이 작은 소리를 내며 꺼졌다. 옆에 조그마한 라디오가 소리를 내고 있었다. 나는 마음이 아렸다. 얼마나 외로웠으면 새벽에 혼자서 라디오를 들을까 싶었다. 아버지가 새엄마를 얻더라도 이해해야 한다고 생각했다.

"왜 나왔니?"

"오줌이 마려워서요."

나는 담장에서 떨어져 나온 블록 하나를 아버지 옆에 놓고 그 위에 앉았다. 아버지 곁에 있는 것만이 그 순간 내가 할 일인 듯했다. 아버지는 내 머리를 가볍게 쓰다듬었다.

"우리 순민이, 많이 힘들었지?"

나는 아무 말도 하지 않았다. 아버지는 오늘 서울로 가서 일을 마무리 짓고 출국할 거라고 했다. 아직 돈을 받지 못했지만 사업은 계속해야 하기 때문이다. 다시 아버지와 헤어져야 한다니 조금 서글펐다.

"아빠는 순민이 생각 많이 한다. 순민이가 학교를 싫어한다는 거 안다. 아직도 생각이 변하지 않았니?"

"방학 끝나면 학교에 갈 생각이에요."

"잘됐구나."

"이번에는 친구들 만나러 가는 거예요."

"그래, 잘됐다. 아주 잘됐다."

병원에 왔던 아이들의 얼굴이 생각났다. 그리고 퇴원한 다음에도 병원 정원에서 보았던 반딧불이가 머릿속을 떠나지 않았다. 반딧불이처럼 미약하지만 은은하게 빛나는 것. 그것은 서로 주고받을 수 있는 것이었다. 사람은 누구나 가슴속에 그것을 가졌다. 때로는 갖지 않은 것처럼 행동하는 사람들도 있다. 반항적이고 모나게 행동하는 아이들, 우렁이는 물론 나도 한때 그랬다. 그러나 나는 그런 아이들에게서조차 그 반딧불이를 찾을 수 있다고 생각했다.

"아버지가 외국에서 힘들 때 늘 생각하는 말이 있다."

아버지는 그 말을 내게 꼭 들려주고 싶었다고 했다.

"누구나 자기 안에 왕국이 있지. 누구나 그 왕국을 마음대로 다스릴 수 있어. 다스리기에 따라 천국이 될 수도 있고 지옥이 될 수도 있다. 그게 어떤 왕국인지 알지?"

낯선 이야기는 아니다. 아버지는 전에 함께 살 때도 비슷한 이야기를 했다. 그러나 오늘따라 몹시 새로운 이야기로 들렸다. 그런데 아버지의 왕국은 유난히 쓸쓸해 보였다. 아버지가 근심 많은 왕이란 것도 알 것 같았다.

"걱정 마세요. 제 왕국을 세울 거예요."

나는 그동안 있었던 많은 일들을 이야기했다. 아무럼 선생과 말라 죽은 해바라기, 그리고 벼리와 우랑이, 템플 스테이를 다녀온 일이며 동네 사람들 이야기까지. 하지만 엄마 묘지에 갔던 이야기는 하지 않았다. 그 이야기는 왠지 평생 비밀로 간직해야 할 것 같았다.

그 비밀은 두고두고 나를 기분 좋게 했다. 숨겨진 보물창고를 헛간에서 발견하고 어찌해야 할지 몰라 고민하듯 즐겁고 황홀했다. 어찌 보면 사실 대단한 건 아니다. 하지만 그때 내겐 무엇보다 나를 내던지는 경험을 해 보는 것이 중요했다.

나는 무서웠지만 간절히 엄마에게 다가가고자 했다. 내가 두려워하는 무덤과 죽음이 있는 곳으로 나를 내던졌다. 그러자 나를 가두었던 두려움의 창살들이 부서져 나갔다. 그제야 나는 진정 엄마 품에 안긴 느낌을 가질 수 있었다. 이 느낌을 한마디로 말하면 기분이 좋다는 거였다. 이제는 다른 것들에도 나를 아낌없이 내던지고 깊이 빠져 볼 참이다. 그것만이 지금까지 중에서 내가 얻은 최고의 소득이었다.

어느새 동녘이 밝아 왔다. 아버지와 나란히 대문에 들어설 때 마루 위 괘종시계가 다섯 번 울렸다. 방으로 들어가 자려고 누웠으나 가슴이 고동쳤다. 나는 다시 책상에 앉았다. 알 수 없는 희망에 부풀어 이런저런 계획들이 두서없이 떠올랐다. 한없이 설레고 두근거려 가만히 있을 수가 없었다.

벌떡 일어서서 또 창가를 서성이다가 다시 책상에 앉았다. 오늘 새벽에 떠오른 생각들을 벼리와 나누고 싶었다. 물론 벼리가 내 마음과 같을 수는 없겠지만, 적어도 이해는 해 주리라 생각했다. 컴퓨터를 켜자 문득 전에 인터넷에 올렸던 질문이 생각났다. 찾아보니 댓글이 올라와 있었다.

질문 : 어른들과 싸우지 않고 학교를 그만두는 방법이 있을까요? 학교에 안 가도 되는 근사한 이유가 필요해요. 누구도 반박할 수 없는 아주 근사한 이유요.

답 : 너 바보 아냐? 학교 안 가도 되는 이유를 알려면 먼저 학교부터 다녀.

괜찮은 답변이라 생각되어 점수를 후하게 줬다. 나는

벼리에게 이메일을 보내고 컴퓨터를 껐다. 그리고 창문을
활짝 열었다. 어느새 아침 해가 동쪽 산 위로 떠올라 있었
다. 청색 트럭 한 대가 산허리 길을 지그재그로 오르는 중
이었다.

"아빠, 나 검정고시 보면 안 될까? 학교 꼭 다녀야 해?"

언젠가 중학생 딸이 심각한 얼굴로 말했습니다. 모범생으로 별 문제가 없는 줄 알았는데 그게 아니었습니다. 애기를 해 보니 교우 관계에 심각한 문제들을 안고 있었죠. 주된 원인은 소통 능력이 부족하기 때문이었습니다.

친구들에게 따돌림당하는 아이의 심정은 어두운 지하실에 갇힌 것과 다르지 않았습니다. 스스로 마음의 문을 닫고 어둠 속에 들어앉아 버렸을 수도 있고요. 어떻게 해야 아이의 아픔을 낫게 할 수 있을지 막막했습니다. 아빠로서 도움을 줘야만 했습니다.

《반딧불이 핑퐁》은 제 아이의 이야기입니다. 또한 학창 시절 비슷한 어려움을 겪었던 제 이야기입니다. 저 역시 학교에 가기 싫었던 날이 많았습니다. 친구들 때문에, 선생님 때문에, 그리고 개인적인 고민들 때문이었죠. 시험 치는 날 아침에 폭풍우가 몰아처 휴교하기를 바란 적도 많았습니다.

그럼에도 인내했고, 학교를 그만두지 않았습니다. 인내한 만큼 제 능력도 커졌다는 생각이 듭니다. 돌아보니 학교에도 재미있는 일들이 제법 있었습니다. 제일 좋은 것은 친구들의 마음을 이해하고 사귀는 일입니다. 사람의 마음을 알고 사람에 대한 믿음을 갖게 되는 곳이 학교입니다. 만약 그렇지 못하다면 왜 그런지 자신을 돌아봐야 합니다. 분명히 해결책이 있습니다.

이 책에 등장하는 '반딧불이'는 마음 깊은 곳의 은은한 빛, 누구에게나 있는 빛입니다. 곧 서로의 마음에 대한 신뢰, 특히 서로의 깊은 곳에 있는 사랑에 대한 믿음의 빛을 의미합니다. 이것은 몹시 희미해져 잊어버릴 때가 많습니다. 반대로 여러 반딧불이들이 모이면 몇 배로 밝아져 주위를 밝힙니다. 하나의 촛불은 미약하지만 여럿이 모이면 광장을 환하게 밝히듯 말이죠.

제가 답을 준비하는 사이 훌쩍 커 버린 딸아이에게 미안한 마음을 전합니다. 추천의 글을 써 주신 남상순 선생님에게 깊이 감사드립니다. 일일이 열거할 수는 없지만 저를 응원해 주시는 모든 분들에게 사랑의 마음을 전합니다.

2010년 8월

조준호

　우리가 아는 자연에는 두 종류가 있습니다. 산과 들, 나무와 풀, 반딧불이 같은 것으로 대표되는 자연이 있고, 들숨과 날숨처럼 편안하고 행복한 마음으로서의 자연이 있습니다. 이 두 가지가 교감하여 일어나는 마법 현상을 다룬 것이 바로 조준호의 소설 《반딧불이 평퐁》입니다. 《반딧불이 평퐁》은 내면 성찰을 통해 자기 상처를 치유해 가는 소년의 이야기입니다. 세상에 일어나는 모든 인간적인 갈등이 실은 자연에 반하는 환경과 조건에서 비롯된 마음임을 감안할 때 이와 같은 진리를 청소년 소설로도 감동 깊게 말할 수 있다는 사실이 놀랍기만 합니다.

　열네 살 소년 순민이에게 이 세상은 깜깜한 동굴입니다. 출구 없는 그곳에 순민이는 자기만의 어둠을 꽉꽉 채워 넣고 학교에 안 가도 되는 이유를 찾기 위해 깊은 산과 들, 공동묘지 같은 곳을 산책하며 돌아다닙니다. 거기서 허깨비도 만나고 친구도 사귀

면서 자기도 모르는 사이, 있는 그대로의 자연을 실컷 체험합니다. 사람이 사는 방법은 인구수만큼이나 많다는 사실을 깨달아 가는 순민이는 차츰 초조함이나 불안감에서 벗어납니다. 또한 순민이는 눈에 어둠이 익어 가고 세상 속으로 이어진 길이 차츰 가르마를 드러내는 것을 느낍니다. 이는 온 우주가 이 아이의 탄생과 성장에 협력하고 숨죽이며 지켜보고 있다는 것을 알아차리는 데서 비롯된 소중한 깨달음입니다. 동굴 문을 닫아 버린 것은 돌아가신 엄마도 아니고 베트남에서 일하는 아버지도 아니며 자신을 따돌린 반 아이들도 아닙니다. 바로 순민이 자신이었습니다.

스스로 채운 빗장을 풀고 마음을 열자, 마법처럼 이 세상이 팔을 벌리며 순민이를 환영합니다. 반딧불이도 순민이에게 반짝반짝 빛을 내며 화답합니다. 때맞춰 인터넷 상의 한 조언자는 학교를 안 가도 되는 이유를 알고 싶으면 학교부터 제대로 다녀 보라고 충고합니다.

이 책은 우리가 스스로의 이름을 짓밟지 않고 소중한 주체로 가꾸는 방법과 이유를 깨닫게 합니다. 또한 정신없이 앞만 보고 달려야 하는 청소년들에게 잠시나마 모든 것을 접어 두고 가까운 공원으로 나가 하늘과 별과 바람을 느끼라며 권유하는 책이기도 합니다.

2010년 8월

남상순